ALFAGUARA

ALFAGUARA ES TU COLECCIÓN

NOS ENCANTARÍA CONTAR CONTIGO PARA SELECCIONAR LOS TÍTULOS QUE MÁS TE GUSTEN. CUÉNTANOS QUÉ TE HA PARECIDO ESTE LIBRO Y CUÁLES SON LOS TEMAS SOBRE LOS QUE TE GUSTA LEER. ENVÍANOS TU OPINIÓN JUNTO CON EL TÍTULO DEL LIBRO, TU NOMBRE, DIRECCIÓN, EDAD Y TELÉFONO A:

EDITORIAL ALFAGUARA INFANTIL Y JUVENIL. «ALFAGUARA ES TU COLECCIÓN».
C/ TORRELAGUNA, 60. 28043 MADRID.

Antología

Los mejores relatos de los Siglos de Oro

© De esta edición:
2001, Grupo Santillana de Ediciones, S. A.
Torrelaguna, 60. 28043 Madrid
Teléfono 91 744 90 60

• Aguilar, Altea, Taurus, Alfaguara, S. A. de Ediciones
Beazley, 3860. 1437 Buenos Aires
• Editorial Santillana, S. A. de C. V.
Avda. Universidad, 767. Col. Del Valle, México D.F. C.P. 03100
• Distribuidora y Editora Aguilar, Altea, Taurus, Alfaguara, S. A.
Calle 80, nº 10-23, Santafé de Bogotá-Colombia

ISBN: 84-204-4312-3
Depósito legal: M-38.145-2001
Printed in Spain - Impreso en España por
Unigraf, S. L., Móstoles (Madrid)

Una editorial del grupo **Santillana** que edita en
España • Argentina • Colombia • Chile • México
EE. UU. • Perú • Portugal • Puerto Rico • Venezuela

Diseño de la colección: ENLACE
Cubierta: JESÚS SANZ

Editora:
MARTA HIGUERAS DÍEZ

Introducción: AURELIO GONZÁLEZ

Impreso sobre papel reciclado
de Papelera Echezarreta, S. A.

Antología

Los mejores relatos de los Siglos de Oro

Selección, prólogo y notas de Aurelio González

Miguel de Cervantes
Lope de Vega
Francisco de Quevedo
María de Zayas
Baltasar Gracián
Sor Juana Inés de la Cruz

Índice

La prosa barroca

Entre finales del siglo XVI y finales del XVII tenemos que ubicar el periodo que siguió al Renacimiento y que conocemos como Barroco, el cual tuvo manifestaciones de altísimo nivel en todas las artes tanto en Europa como en los territorios que ahora definimos como Iberoamérica. Este periodo es conocido en el ámbito de la literatura hispánica como los Siglos de Oro.

La palabra *barroco* probablemente tuvo en su origen un sentido peyorativo, relacionado con el extremismo de sus principios estéticos, vistos según el modelo clásico renacentista. El Barroco, llevando a sus últimas consecuencias el canon clásico, servirá para construir un mundo artístico a la medida del hombre desencantado de la realidad que le circunda. De ahí que tengamos que definir el arte del Barroco como arte de ingenio y agudeza y como arte de contrastes. Así, en sus manifestaciones literarias, estarán presentes —en diálogo y contraste— la risa, la alegoría conceptual, la sátira, la idealización pastoril, la reflexión filosófica, la locura, los juegos del amor, el drama de los celos y la honra, la corte y los niveles inferiores de la sociedad con el hambre, la miseria y las guerras. Otros temas del Barroco hispánico son: la sensación de inestabilidad de los hombres y la fugacidad de las cosas; la revitalización del tópico del *mundo al revés*; el mundo como laberinto, la concordia de los opuestos; el mundo como contienda. El Barroco expresa la conciencia de una crisis que en el terreno de las creencias se manifiesta en el contraste entre la Reforma protestante y la Contrarreforma católica.

La retórica barroca puede sintetizarse en la complementariedad de dos formas de expresión que han sido llamadas conceptismo y el culteranismo. Aunque simplistamente suele afirmarse que se trata de dos estilos opuestos, en realidad los dos estilos se apoyan en una expresión formal compleja de contenidos igualmente complejos. Se podría decir que el llamado culteranismo intensifica los elementos sensoriales, enfatizando el preciosismo y la artificiosidad del discurso por medio de recursos como la adjetivación y el neologismo, la metáfora, el hipérbaton forzado y los efectos rítmicos y musicales del lenguaje; por su parte, el conceptismo destaca un juego formal que se basa primordialmente en la condensación expresiva y para ello se sirve de oposiciones y antítesis, las elipsis, los contrastes, las paradojas y la polisemia de los términos empleados, en realidad todo lo que exija una agudeza conceptual, esto es ingenio. Ni el culteranismo está vacío de juego conceptista, ni el conceptismo renuncia al juego formal.

Para el Barroco, desde el punto de vista estético, son especialmente importantes la búsqueda de la sorpresa y la novedad; el gusto por la dificultad y el artificio complejo difícil de descifrar; la *agudeza de ingenio* concebida como el ejercicio brillante de la inteligencia creativa.

La prosa narrativa renacentista se puede ver desde la llamada *novela sentimental* de autores que se insertan todavía en la Edad Media como Diego de San Pedro y Juan de Flores. Su primer florecimiento lo tiene con la *novela de caballerías* también de origen medieval, pero que tiene un renovado auge durante el siglo XVI. El primer gran género popular renacentista en el ámbito narrativo es la *novela pastoril* cuya gran obra es *La Diana* de Jorge de Montemayor. Esta forma entronca temáticamente con la lírica, y en ella se representa la gran idealización del hombre en contacto con la Naturaleza bajo la forma de pastor, viviendo, sufriendo y muriendo a causa del amor. Este bucolismo, así como el ambiente caballeresco, tuvo extraordinario éxito en todos los niveles sociales.

Otras formas narrativas novelescas del siglo XVI son la *novela morisca,* la *novela dialogada* y la *novela bizantina.* En la novela morisca se aplican los principios caballerescos, pero el contexto es el del moro granadino. El mejor ejemplo de este tipo es la historia de *El abencerraje y la hermosa Jarifa.* En la novela dialogada, de herencia erasmista tenemos como ejemplo destacado *El crotalón* de Cristóbal de Villalón. Finalmente, la novela bizantina, un género de novela de aventuras con tramas complicadísimas de origen griego caracterizada por las innumerables pruebas y desventuras-aventuras que tienen que superar los enamorados para lograr alcanzar su amor o su meta matrimonial, es un modelo que subyace en muchas realizaciones de la época y aun del Barroco, como por ejemplo *Persiles y Sigismunda* de Cervantes.

El género de la *novela picaresca* se originó en España a mediados del siglo XVI y tomó su nombre de su protagonista: el pícaro. El primer ejemplo de novela picaresca es el *Lazarillo de Tormes* (1554), cuyo autor desconocemos, la supuesta autobiografía de un joven que pugna por sobrevivir apelando a su astucia y malicia, mientras sirve a diversos amos pasando hambre y buscando sacar el mejor partido de ellos. Aunque el género se inicia en un momento cultural todavía renacentista, las mejores expresiones de la novela picaresca las encontramos en la época barroca más adecuada para el desengaño y el realismo contrastado del género.

Entre las principales obras del género cabe mencionar el *Guzmán de Alfarache* (1599), de Mateo Alemán, *La vida del escudero Marcos de Obregón* (1618), de Vicente Espinel, y la *Historia del Buscón llamado don Pablos* (1626), de Francisco de Quevedo, donde la estructura autobiográfica cede en importancia ante la brillantez del lenguaje con un archipícaro por protagonista. Otras obras destacadas son: *La pícara Justina* (1605), de Francisco López de Úbeda, *La hija de la Celestina* (1612), de Alonso Jerónimo de Salas, ambas creando la picaresca femenina, *El diablo cojuelo* (1641) de Luis Vélez de Guevara, *El siglo pitagórico* (1644), de Antonio Enríquez Gómez y *Vida y hechos de Estebanillo González, hombre de buen humor* (1646).

Es indudable que en la renovación de la prosa narrativa a partir del modelo dominante en el Renacimiento tiene un papel fundamental Miguel de Cervantes (1547-1616). Su primer libro publicado fue una novela pastoril que apareció con el título de *Primera parte de La Galatea* (1585). Como en otras novelas de su género, los personajes son pastores convencionales que cuentan sus penas amorosas y expresan sus sentimientos en una Naturaleza idealizada. Es importante destacar que ya en esta primera novela Cervantes se presenta como un escritor renovador. Aunque es claro que acepta las convenciones del género pastoril, a veces trasgrede el esquema exageradamente idílico dominante en las relaciones entre los pastores y en la geografía. Lo más innovador es la integración de cuatro historias secundarias que acaban confluyendo en la trama principal y dejando abierta la posibilidad de una continuación.

Entre 1590 y 1612 Cervantes fue escribiendo una serie de novelas cortas que, después del reconocimiento obtenido con la primera parte del *Quijote* en 1605, acabaría reuniendo en 1613 en la colección de *Novelas ejemplares* que se convirtió en un libro muy influyente incluso más allá de las fronteras españolas. En estas novelas Cervantes renueva el género de la novela breve a partir de modelos italianos.

Lope de Vega (1562-1635), poeta, novelista y probablemente el mayor dramaturgo español, conocido como el *Fénix de los ingenios*, también tiene una presencia importante en la construcción de la prosa narrativa de esta época. Lope escribió novelas pastoriles (*La Arcadia,* 1598); novelas bizantinas (*El peregrino en su patria,* 1604); novelas cortas como *Novelas a Marcia Leonarda* (1621-1624), todas ellas de estilo y argumento muy cervantino. Pero su gran obra narrativa es *La Dorotea* (1632), en la que un Lope septuagenario rememora sus amores casi adolescentes con Elena Osorio.

La escritora María de Zayas y Sotomayor (1590-1661) es una figura importante en el panorama narrativo barroco por su aporte al desarrollo de la novela cortesana. Destaca su visión crítica de una sociedad que no daba a la mujer la información ni la firmeza suficiente para librarse de los aventureros del amor, de los seductores y de sus pretensiones.

Francisco de Quevedo y Villegas (1580-1645), que cultivó tanto la prosa como la poesía —ambas en multitud de facetas con resultados extraordinarios—, es una de las figuras más complejas e importantes del Barroco español con un tono amargo, severo, culto y cortesano. Quevedo escribió algunas de las páginas burlescas y satíricas más brillantes y populares de la literatura española, pero también una obra lírica de gran intensidad y unos textos morales y políticos de gran profundidad intelectual.

Sus primeras obras fueron satíricas y burlescas. *La vida del Buscón llamado don Pablos* (c. 1603, impresa sin autorización del autor en 1626) es una novela picaresca dentro de las características del género; pero su originalidad reside en la visión ácida que ofrece sobre su sociedad. A esta obra siguieron *Los sueños y discursos,* en 1627, en la que la descripción inclemente de la sociedad se llena de conceptos complejos y el lenguaje es una explosión polisémica.

Baltasar Gracián (1601-1658), autor de obras didácticas, forma con Quevedo la pareja más destacada de los grandes prosistas del conceptismo barroco.

Gracián hizo los votos como jesuita en 1635. Enseñó en colegios de Calatayud, Zaragoza y Tarragona y gozó de fama como predicador en Madrid. Sufrió la reprensión de sus superiores por publicar sin licencia sobre asuntos mundanos, y se le prohibió hacerlo. Insistió en su rebeldía al publicar el tercer volumen de *El criticón* (1655), por lo que le secuestraron los papeles y se le prohibió escribir de modo taxativo. Dolido, pidió licencia para pasar a otra orden, pero en cambio le confiaron importantes cargos en el colegio de Tarazona (Zaragoza) donde murió.

Espíritu sutil y selecto, sagaz escrutador de lo humano, Gracián es el último y posiblemente el más grande de los moralistas españoles.

El Criticón apareció en tres volúmenes sucesivos (1651, 1653 y 1655), y es una epopeya con un carácter alegórico donde dos personajes, mentor y discípulo, aprenden a través de la experiencia, la picaresca, el desengaño y el pesimismo. Los personajes representan, uno el instinto, el hombre natural, y el otro la razón, el hombre juicioso, en una peregrinación por distintos lugares que se corresponden con las distintas etapas de la vida. Otras obras de Gracián son *Agudeza y arte del ingenio* (1642), donde ofreció un conjunto de los artificios formales propios del Barroco, a partir de ejemplos literarios, pero también de anécdotas, dichos, chistes y gestos. Por su parte *El Discreto* (1646) es un tratado cuya finalidad consiste en formar al hombre en sociedad, enseñándole a ser perfecto en todo.

El Barroco también es la gran manifestación cultural y artística del otro lado del Atlántico y entre sus figuras destaca Sor Juana Inés de la Cruz (1651-1695), autodidacta, humanista y gran poeta mexicana, que fue conocida en su siglo como Juana Ramírez de Asbaje.

Su época más fecunda empieza en 1680 con la concepción del *Neptuno Alegórico,* arco triunfal en honor de los virreyes de la Laguna, cuya barroca y magnífica "fábrica" le abrió las puertas de palacio y la convirtió en favorita de los virreyes, sus mecenas. Es entonces cuando despidió a su confesor, según se deduce de la recientemente descubierta *Carta* al Padre Núñez, escrita en torno a 1682, y que ha mostrado una faceta polémica y argumentativa de la monja.

Gracias a la condesa de Paredes, su mecenas y musa, se publicó en España: *Inundación Castálida* (Madrid, 1689), *Obras. Segundo Volumen* (Sevilla, 1692) y de las que, cosa insólita, se hicieron veinte reediciones españolas de 1689 a 1725, incluidas las de *Fama y obras póstumas* (Madrid, 1700).

Autora polifacética, pues lo mismo destaca en la poesía que en el teatro, tiene una prosa aguda en la que el concepto corre parejo con la elegancia y el artificio. Su *Respuesta a Sor Filotea* es, además de una autobiografía intelectual, un brillante ensayo en defensa del derecho femenino a expresarse libremente.

La literatura en lengua española del Barroco cuenta, además de con ese tesoro inigualable que es el *Quijote*, con un rico patrimonio en otras formas prosísticas tales como las novelas breves, el relato y el ensayo, de cuya calidad presentamos en esta selección de textos algunas muestras.

MIGUEL DE CERVANTES

El licenciado Vidriera

Introducción

En el prólogo a las *Novelas ejemplares*, publicadas en 1613, Cervantes nos dice:

> Heles dado nombre de ejemplares, y si bien lo miras, no hay ninguna de quien no se pueda sacar algún ejemplo provechoso [...] Mi intento ha sido poner en la plaza de nuestra república una mesa de trucos donde cada uno pueda llegar a entretenerse [...] digo sin daño del alma ni del cuerpo, porque los ejercicios honestos y agradables, antes aprovechan que dañan

y más adelante

> A esto se aplicó mi ingenio, por aquí me lleva mi inclinación, y más que me doy a entender, y es así, que soy el primero que he novelado en lengua castellana, que las muchas novelas que en ellas andan impresas, todas son traducidas de lenguas extranjeras, y éstas son mías propias [...].

Cervantes nunca fue afecto a presunciones inútiles y sus afirmaciones respecto a su serie de doce novelas son válidas en varios sentidos; por una parte son originales alejándose de la tradición cuentística oriental o italiana, por otra parte buscan el entretenimiento, y finalmente son ejemplares, tanto en el sentido de ser modelos como por la factibilidad de obtener una lección positiva de ellas.

La colección se inicia con *La gitanilla,* texto sentimental y fantasioso en torno a la figura de Preciosa y la relación que se establece entre la gitanilla y un joven capaz de renunciar a su nivel social por amor. En contraste con este contexto sigue *El amante liberal,* que pertenece a la llamada novela bizantina, caracterizada por su trama de amor y aventuras, con las adversidades que Ricardo y Leonisa han de superar antes de su matrimonio. Después del idealismo, el amor y la aventura de estas dos primeras novelas, se recorre al ámbito de la mala vida sevillana con *Rinconete y Cortadillo.* Su crítica social, que constituye una denuncia de la degradación moral de la España del siglo XVI, culmina en el magnífico retrato muy realista de la cofradía de Monipodio y el manejo de la vida delictiva de Sevilla. El contraste entre *Rinconete y Cortadillo* y las dos primeras novelas se prolonga con *La española inglesa,* en la cual, en el entorno de las guerras entre España e Inglaterra, se desarrollan las pruebas de los enamorados antes de poder casarse.

La crítica de la sociedad vuelve con la narración de un estudioso trastornado por un filtro amoroso en *El licenciado Vidriera,* cuyo protagonista cree que es de vidrio pero posee una extraña lucidez e ingenio. Los juegos verbales de Vidriera dejan paso a la violencia en *La fuerza de la sangre,* donde se cuenta la violación de Leocadia por un joven de la nobleza toledana y el posterior compromiso matrimonial entre ambos. En *El celoso extremeño,* aparece con el indiano Carrizales el popular motivo del viejo y la joven esposa encerrada en la casa-prisión. Contrasta con ese ambiente de opresión la libertad, que en nada merma su recato, de Constanza en *La ilustre fregona,* y las andanzas toledanas de Carriazo y Avendaño.

Los engaños de las doncellas Teodosia y Leocadia componen una intriga con temas pastoriles y técnicas de la novela bizantina en *Las dos doncellas.* Por su parte *La señora Cornelia,* localizada en ambientes estudiantiles y de la alta sociedad de Bolonia, cuenta la azarosa historia de amor de Cornelia hasta su boda con el duque de Ferrara. Y de tales ambientes nobiliarios se pasa a la marginalidad social y la estafa en *El casamiento engañoso,* donde como burlador burlado, el alférez Campuzano sale de su casamiento engañado con sus mismas artimañas. Esta pálida sombra del desengaño barroco es buena imagen de la caída del ideal heroico de la época. El *Coloquio de los perros* se centra en dos aspectos: la corrupción social y las cínicas disquisiciones filosóficas de ambos perros sobre las convenciones sociales y la maldad en el mundo. Esta última novela presenta también una muy interesante renovación de la práctica narrativa. Existe en un manuscrito que copia dos novelas cervantinas, otra intitulada *La tía fingida* que algunos autores atribuyen a Cervantes.

En *El licenciado Vidriera,* Cervantes desarrolla dos tópicos a los que es muy aficionado: por una parte el de la locura, ahora es un licenciado de Salamanca que enloquece por la ingestión de un filtro amoroso, y por otra el contraste entre las Letras, resultado de la vida salmantina con su gran universidad, y las Armas en el ejército con los famosos Tercios españoles de Flandes.

Bibliografía esencial

Casalduero, Joaquín, *Sentido y forma de las "Novelas ejemplares"*, Gredos, Madrid, 1974.

Castro, Américo, *El pensamiento de Cervantes*, 2ª ed., Noguer, Madrid-Barcelona, 1972.

Riley, Edward C., *La teoría de la novela en Cervantes*, Taurus, Madrid, 1966.

Rodríguez Luis, Julio, *Novedad y ejemplo de las Novelas de Cervantes*, 2 vols., Porrúa Turanzas, Madrid, 1980-1984.

Algunas ediciones

Miguel de Cervantes, *Novelas ejemplares*, ed. de Harry Sieber, 2 vols., Cátedra, Madrid, 1980.

——————, *Novelas ejemplares*, ed. de Juan Bautista Avalle Arce, 3 vols., Castalia, Madrid, 1987.

——————, *La española inglesa, El licenciado Vidriera, La fuerza de la sangre*, ed. de Florencio Sevilla Arroyo y Antonio Rey Hazas, Alianza, Madrid, 1996.

El licenciado Vidriera

Paseándose dos caballeros estudiantes por las riberas de Tormes, hallaron en ellas, debajo de un árbol durmiendo, a un muchacho de hasta edad de once años, vestido como labrador. Mandaron a un criado que le despertase; despertó y preguntáronle de adónde era y qué hacía durmiendo en aquella soledad. A lo cual el muchacho respondió que el nombre de su tierra se le había olvidado, y que iba a la ciudad de Salamanca a buscar un amo a quien servir, por sólo que le diese estudio. Preguntáronle si sabía leer; respondió que sí, y escribir también.

—Desa manera —dijo uno de los caballeros—, no es por falta de memoria habérsete olvidado el nombre de tu patria.

—Sea por lo que fuere —respondió el muchacho—; que ni el della ni del de mis padres sabrá ninguno hasta que yo pueda honrarlos a ellos y a ella.

—Pues, ¿de qué suerte los piensas honrar? —preguntó el otro caballero.

—Con mis estudios —respondió el muchacho—, siendo famoso por ellos; porque yo he oído decir que de los hombres se hacen los obispos.

Esta respuesta movió a los dos caballeros a que le recibiesen y llevasen consigo, como lo hicieron, dándole estudio de la manera que se usa dar en aquella universidad a los criados que sirven. Dijo el muchacho que se llamaba Tomás Rodaja, de donde infirieron sus amos, por el nombre y por el vestido, que debía de ser hijo de algún labrador pobre. A pocos días le vistieron de negro,[1] y a pocas semanas dio Tomás muestras de tener raro ingenio, sirviendo a sus amos con tanta fidelidad, puntualidad y diligencia que, con no faltar un punto a sus estudios, parecía que sólo se ocupaba en servirlos. Y, como el buen servir del siervo mueve la voluntad del señor a tratarle bien, ya Tomás Rodaja no era criado de sus amos, sino su compañero.

Finalmente, en ocho años que estuvo con ellos, se hizo tan famoso en la universidad, por su buen ingenio y notable habilidad, que de todo género de gentes era estimado y querido. Su principal estudio fue de leyes; pero en lo que más se mostraba era en letras humanas; y tenía tan felice memoria que era cosa de espanto, e ilustrábala tanto con su buen entendimiento, que no era menos famoso por él que por ella.

Sucedió que se llegó el tiempo que sus amos acabaron sus estudios y se fueron a su lugar, que era una de las mejores ciudades de la Andalucía. Lleváronse consigo a Tomás, y estuvo con ellos algunos días; pero, como le fatigasen los deseos de volver a sus estudios y a Salamanca (que enhechiza la voluntad de volver a ella a todos los que de la apacibilidad de

[1] *Vestir de negro*: éste era el traje habitual de los estudiantes universitarios.

su vivienda han gustado), pidió a sus amos licencia para volverse. Ellos, corteses y liberales, se la dieron, acomodándole de suerte que con lo que le dieron se pudiera sustentar tres años.

Despidióse dellos, mostrando en sus palabras su agradecimiento, y salió de Málaga (que ésta era la patria de sus señores); y, al bajar de la cuesta de la Zambra, camino de Antequera, se topó con un gentilhombre a caballo, vestido bizarramente[2] de camino, con dos criados también a caballo. Juntóse con él y supo cómo llevaba su mismo viaje. Hicieron camarada, departieron de diversas cosas, y a pocos lances dio Tomás muestras de su raro ingenio, y el caballero las dio de su bizarría y cortesano trato, y dijo que era capitán de infantería por Su Majestad, y que su alférez estaba haciendo la compañía[3] en tierra de Salamanca.

Alabó la vida de la soldadesca; pintóle muy al vivo la belleza de la ciudad de Nápoles, las holguras de Palermo, la abundancia de Milán, los festines de Lombardía, las espléndidas comidas de las hosterías; dibujóle dulce y puntualmente el *aconcha, patrón; pasa acá, manigoldo; venga la macarela, li polastri e li macarroni*.[4] Puso las alabanzas en el cielo de la vida libre del soldado y de la libertad de Italia; pero no le dijo nada del frío de las centinelas, del peligro de los asaltos, del espanto de las batallas, de la hambre de los cercos, de la ruina de las minas, con otras cosas deste jaez, que algunos las toman y tienen por añadi-

---

[2] *Bizarramente*: vestido de varios colores o con mucho colorido.

[3] *Haciendo la compañía*: reclutando hombres para formar una compañía militar.

[4] Palabras en un italiano deformado.

duras del peso de la soldadesca, y son la carga principal della. En resolución, tantas cosas le dijo, y tan bien dichas, que la discreción de nuestro Tomás Rodaja comenzó a titubear y la voluntad a aficionarse a aquella vida, que tan cerca tiene la muerte.

El capitán, que don Diego de Valdivia se llamaba, contentísimo de la buena presencia, ingenio y desenvoltura de Tomás, le rogó que se fuese con él a Italia, si quería, por curiosidad de verla; que él le ofrecía su mesa y aun, si fuese necesario, su bandera, porque su alférez la había de dejar presto.

Poco fue menester para que Tomás tuviese el envite, haciendo consigo en un instante un breve discurso de que sería bueno ver a Italia y Flandes y otras diversas tierras y países, pues las luengas peregrinaciones hacen a los hombres discretos; y que en esto, a lo más largo, podía gastar tres o cuatro años, que, añadidos a los pocos que él tenía, no serían tantos que impidiesen volver a sus estudios. Y, como si todo hubiera de suceder a la medida de su gusto, dijo al capitán que era contento de irse con él a Italia; pero había de ser condición que no se había de sentar debajo de bandera, ni poner en lista de soldado, por no obligarse a seguir su bandera; y, aunque el capitán le dijo que no importaba ponerse en lista, que ansí gozaría de los socorros y pagas que a la compañía se diesen, porque él le daría licencia todas las veces que se la pidiese.

—Eso sería —dijo Tomás— ir contra mi conciencia y contra la del señor capitán; y así, más quiero ir suelto que obligado.

—Conciencia tan escrupulosa —dijo don Diego—, más es de religioso que de soldado; pero, comoquiera que sea, ya somos camaradas.

Llegaron aquella noche a Antequera, y en pocos días y grandes jornadas se pusieron donde estaba la compañía, ya acabada de hacer, y que comenzaba a marchar la vuelta de Cartagena, alojándose ella y otras cuatro por los lugares que le venían a mano. Allí notó Tomás la autoridad de los comisarios, la incomodidad de algunos capitanes, la solicitud de los aposentadores, la industria y cuenta de los pagadores, las quejas de los pueblos, el rescatar de las boletas,[5] las insolencias de los bisoños, las pendencias de los huéspedes, el pedir bagajes más de los necesarios, y, finalmente, la necesidad casi precisa de hacer todo aquello que notaba y mal le parecía.

Habíase vestido Tomás de papagayo,[6] renunciando los hábitos de estudiante, y púsose a lo de Dios es Cristo, como se suele decir. Los muchos libros que tenía los redujo a unas *Horas de Nuestra Señora* y un *Garcilaso* sin comento, que en las dos faldriqueras llevaba. Llegaron más presto de lo que quisieran a Cartagena, porque la vida de los alojamientos es ancha y varia, y cada día se topan cosas nuevas y gustosas.

Allí se embarcaron en cuatro galeras de Nápoles, y allí notó también Tomás Rodaja la extraña vida de aquellas marítimas casas, adonde lo más del tiempo maltratan las chinches, roban los forzados, enfadan los marineros, destruyen los ratones y fatigan las

---

[5] *Rescatar de las boletas*: compra por parte de los civiles a los militares de sus boletos de alojamiento para evitar la obligación de darles hospedaje.

[6] Se refiere al cambio del vestido negro de estudiante por otro de muchos colores que era el acostumbrado por los que andaban en la milicia.

maretas.[7] Pusiéronle temor las grandes borrascas y tormentas, especialmente en el golfo de León, que tuvieron dos; que la una los echó en Córcega y la otra los volvió a Tolón, en Francia. En fin, trasnochados, mojados y con ojeras, llegaron a la hermosa y bellísima ciudad de Génova; y, desembarcándose en su recogido mandrache,[8] después de haber visitado una iglesia, dio el capitán con todas sus camaradas en una hostería, donde pusieron en olvido todas las borrascas pasadas con el presente *gaudeamus*.[9]

Allí conocieron la suavidad del Treviano,[10] el valor del Montefrascón, la fuerza del Asperino, la generosidad de los dos griegos Candia y Soma, la grandeza del de las Cinco Viñas, la dulzura y apacibilidad de la señora Guarnacha, la rusticidad de la Chéntola, sin que entre todos estos señores osase parecer la bajeza del Romanesco. Y, habiendo hecho el huésped la reseña de tantos y tan diferentes vinos, se ofreció de hacer parecer allí, sin usar de tropelía,[11] ni como pintados en mapa, sino real y verdaderamente, a Madrigal, Coca, Alaejos, y a la imperial más que Real Ciudad, recámara del dios de la risa; ofreció a Esquivias, a Alanís, a Cazalla, Guadalcanal y la Membrilla, sin que se le olvidase de Ribadavia y de Descargamaría. Finalmente, más vinos nombró el huésped, y más les dio, que pudo tener en sus bodegas el mismo Baco.

---

[7] *Maretas*: vientos.

[8] *Mandrache*: puerto artificial.

[9] *Gaudeamus*: palabra latina que quiere decir regocijo y que se aplica por extensión a una celebración festiva con comida y bebida.

[10] Se inicia una enumeración de vinos italianos y españoles ya sea por su nombre o por la ciudad de procedencia.

[11] *Tropelía*: ciencia que hace aparecer una cosa por otra.

Admiráronle también al buen Tomás los rubios cabellos de las ginovesas, y la gentileza y gallarda disposición de los hombres; la admirable belleza de la ciudad, que en aquellas peñas parece que tiene las casas engastadas como diamantes en oro. Otro día se desembarcaron todas las compañías que habían de ir al Piamonte; pero no quiso Tomás hacer este viaje, sino irse desde allí por tierra a Roma y a Nápoles, como lo hizo, quedando de volver por la gran Venecia y por Loreto a Milán y al Piamonte, donde dijo don Diego de Valdivia que le hallaría si ya no los hubiesen llevado a Flandes, según se decía.

Despidióse Tomás del capitán de allí a dos días, y en cinco llegó a Florencia, habiendo visto primero a Luca, ciudad pequeña, pero muy bien hecha, y en la que, mejor que en otras partes de Italia, son bien vistos y agasajados los españoles. Contentóle Florencia en extremo, así por su agradable asiento como por su limpieza, suntuosos edificios, fresco río y apacibles calles. Estuvo en ella cuatro días, y luego se partió a Roma, reina de las ciudades y señora del mundo. Visitó sus templos, adoró sus reliquias y admiró su grandeza; y, así como por las uñas del león se viene en conocimiento de su grandeza y ferocidad, así él sacó la de Roma por sus despedazados mármoles, medias y enteras estatuas, por sus rotos arcos y derribadas termas, por sus magníficos pórticos y anfiteatros grandes; por su famoso y santo río, que siempre llena sus márgenes de agua y las beatifica con las infinitas reliquias de cuerpos de mártires que en ellas tuvieron sepultura; por sus puentes, que parece que se están mirando unas a otras, que con sólo el nombre cobran autoridad sobre todas las de las otras ciudades del mundo: la vía Apia, la Flaminia, la Julia, con otras deste jaez. Pues no le admiraba menos la división de sus montes dentro de sí misma: el Celio, el Quirinal y el Vaticano, con los otros cuatro, cuyos nombres manifiestan la grandeza y majestad romana. Notó también la autoridad del Colegio de los Cardenales, la majestad del Sumo Pontífice, el concurso y variedad de gentes y naciones. Todo lo miró, y notó y puso en su punto. Y, habiendo andado la estación de las siete iglesias, y confesádose con un penitenciario, y besado el pie a Su Santidad, lleno de agnusdeis[12] y cuentas, determinó irse a Nápoles; y, por ser tiempo de mutación,[13] malo y dañoso para todos los que en él entran o salen de Roma, como hayan caminado por tierra, se fue por mar a Nápoles, donde a la admiración que traía de haber visto a Roma añadió la que le causó ver a Nápoles, ciudad, a su parecer y al de todos cuantos la han visto, la mejor de Europa y aun de todo el mundo.

Desde allí se fue a Sicilia, y vio a Palermo, y después a Micina;[14] de Palermo le pareció bien el asiento y belleza, y de Micina, el puerto, y de toda la isla, la abundancia, por quien propiamente y con verdad es llamada granero de Italia. Volvióse a Nápoles y a Roma, y de allí fue a Nuestra Señora de Loreto, en cuyo santo templo no vio paredes ni murallas, porque todas estaban cubiertas de muletas, de mortajas, de cadenas, de grillos, de esposas, de cabelleras, de medios bultos de cera y de pinturas y

---

[12] *Agnus Dei*: cordero de Dios. Especie de sellos de cera bendecidos y hechos por el Papa mezclando polvos de reliquias.

[13] *Tiempo de mutación* se refiere a la malaria, que era endémica en la zona de los pantanos que rodeaban Roma, pero que se intensificaba en verano.

[14] Mesina, ciudad de Sicilia.

retablos, que daban manifiesto indicio de las innumerables mercedes que muchos habían recebido de la mano de Dios, por intercesión de su divina Madre, que aquella sacrosanta imagen suya quiso engrandecer y autorizar con muchedumbre de milagros, en recompensa de la devoción que le tienen aquellos que con semejantes doseles tienen adornados los muros de su casa. Vio el mismo aposento y estancia donde se relató la más alta embajada[15] y de más importancia que vieron y no entendieron todos los cielos, y todos los ángeles y todos los moradores de las moradas sempiternas.

Desde allí, embarcándose en Ancona, fue a Venecia, ciudad que, a no haber nacido Colón en el mundo, no tuviera en él semejante: merced al cielo y al gran Hernando Cortés, que conquistó la gran Méjico, para que la gran Venecia tuviese en alguna manera quien se le opusiese. Estas dos famosas ciudades se parecen en las calles, que son todas de agua: la de Europa, admiración del mundo antiguo; la de América, espanto del mundo nuevo. Parecióle que su riqueza era infinita, su gobierno prudente, su sitio inexpugnable, su abundancia mucha, sus contornos alegres, y, finalmente, toda ella en sí y en sus partes digna de la fama que de su valor por todas las partes del orbe se extiende, dando causa de acreditar más esta verdad la máquina de su famoso Arsenal, que es el lugar donde se fabrican las galeras, con otros bajeles que no tienen número.

---

[15] "La más alta embajada" es la del arcángel Gabriel enviado por Dios a María para anunciarle que sería madre del Mesías según la tradición, la casa donde esto sucedió fue trasladada por los ángeles a Loreto, cerca de Ancona.

Por poco fueran los de Calipso[16] los regalos y pasatiempos que halló nuestro curioso en Venecia, pues casi le hacían olvidar de su primer intento. Pero, habiendo estado un mes en ella, por Ferrara, Parma y Plasencia volvió a Milán, oficina de Vulcano,[17] ojeriza del reino de Francia; ciudad, en fin, de quien se dice que puede decir y hacer, haciéndola magnífica la grandeza suya y de su templo y su maravillosa abundancia de todas las cosas a la vida humana necesarias. Desde allí se fue a Aste, y llegó a tiempo que otro día marchaba el tercio a Flandes.

Fue muy bien recebido de su amigo el capitán, y en su compañía y camarada pasó a Flandes, y llegó a Amberes, ciudad no menos para maravillar que las que había visto en Italia. Vio a Gante, y a Bruselas, y vio que todo el país se disponía a tomar las armas, para salir en campaña el verano siguiente.

Y, habiendo cumplido con el deseo que le movió a ver lo que había visto, determinó volverse a España y a Salamanca a acabar sus estudios; y como lo pensó lo puso luego por obra, con pesar grandísimo de su camarada, que le rogó, al tiempo del despedirse, le avisase de su salud, llegada y suceso. Prometióselo ansí como lo pedía, y, por Francia, volvió a España, sin haber visto a París, por estar puesta en armas. En fin, llegó a Salamanca, donde fue bien recebido de sus amigos, y, con la comodidad que ellos le hicieron, prosiguió sus estudios hasta graduarse de licenciado en leyes.

---

[16] Se refiere a la ninfa Calipso , que retuvo con sus hechizos a Ulises durate diez años en la isla Ogigia.

[17] Milán era famosa por sus armas y armaduras, de ahí la comparación con la fragua de Vulcano, el herrero mitológico.

Sucedió que en este tiempo llegó a aquella ciudad una dama de todo rumbo y manejo.[18] Acudieron luego a la añagaza y reclamo todos los pájaros del lugar, sin quedar *vademecum*[19] que no la visitase. Dijéronle a Tomás que aquella dama decía que había estado en Italia y en Flandes, y, por ver si la conocía, fue a visitarla, de cuya visita y vista quedó ella enamorada de Tomás. Y él, sin echar de ver en ello, si no era por fuerza y llevado de otros, no quería entrar en su casa. Finalmente, ella le descubrió su voluntad y le ofreció su hacienda. Pero, como él atendía más a sus libros que a otros pasatiempos, en ninguna manera respondía al gusto de la señora; la cual, viéndose desdeñada y, a su parecer, aborrecida y que por medios ordinarios y comunes no podía conquistar la roca de la voluntad de Tomás, acordó de buscar otros modos, a su parecer más eficaces y bastantes para salir con el cumplimiento de sus deseos. Y así, aconsejada de una morisca, en un membrillo toledano dio a Tomás unos destos que llaman hechizos, creyendo que le daba cosa que le forzase la voluntad a quererla: como si hubiese en el mundo yerbas, encantos ni palabras suficientes a forzar el libre albedrío; y así, las que dan estas bebidas o comidas amatorias se llaman veneficios;[20] porque no es otra cosa lo que hacen sino dar veneno a quien las toma, como lo tiene mostrado la experiencia en muchas y diversas ocasiones.

---

[18] *Dama de rumbo y manejo*: cortesana.

[19] *Vademecum*: carpeta forrada de piel en la que guardaban los apuntes los estudiantes o sus papeles los que escriben, por extensión se aplica al propio estudiante.

[20] *Veneficios*: lo mismo que maleficios o hechicerías. Puede derivar de veneno.

Comió en tan mal punto Tomás el membrillo, que al momento comenzó a herir de pie y de mano como si tuviera alferecía,[21] y sin volver en sí estuvo muchas horas, al cabo de las cuales volvió como atontado, y dijo con lengua turbada y tartamuda que un membrillo que había comido le había muerto, y declaró quién se le había dado. La justicia, que tuvo noticia del caso, fue a buscar la malhechora; pero ya ella, viendo el mal suceso, se había puesto en cobro y no pareció jamás.

Seis meses estuvo en la cama Tomás, en los cuales se secó y se puso, como suele decirse, en los huesos, y mostraba tener turbados todos los sentidos. Y, aunque le hicieron los remedios posibles, sólo le sanaron la enfermedad del cuerpo, pero no de lo del entendimiento, porque quedó sano, y loco de la más extraña locura que entre las locuras hasta entonces se había visto. Imaginóse el desdichado que era todo hecho de vidrio, y con esta imaginación, cuando alguno se llegaba a él, daba terribles voces pidiendo y suplicando con palabras y razones concertadas que no se le acercasen, porque le quebrarían; que real y verdaderamente él no era como los otros hombres: que todo era de vidrio de pies a cabeza.

Para sacarle desta extraña imaginación, muchos, sin atender a sus voces y rogativas, arremetieron a él y le abrazaron, diciéndole que advirtiese y mirase cómo no se quebraba. Pero lo que se granjeaba en esto era que el pobre se echaba en el suelo dando mil gritos, y luego le tomaba un desmayo del cual no volvía en sí en cuatro horas; y cuando volvía, era renovando las plegarias y rogativas de que otra vez no le llegasen.

---

[21] *Alferecía*: enfermedad que se caracteriza por las convulsiones.

Decía que le hablasen desde lejos y le preguntasen lo que quisiesen, porque a todo les respondería con más entendimiento, por ser hombre de vidrio y no de carne: que el vidrio, por ser de materia sutil y delicada, obraba por ella el alma con más prontitud y eficacia que no por la del cuerpo, pesada y terrestre.

Quisieron algunos experimentar si era verdad lo que decía; y así, le preguntaron muchas y difíciles cosas, a las cuales respondió espontáneamente con grandísima agudeza de ingenio: cosa que causó admiración a los más letrados de la Universidad y a los profesores de la medicina y filosofía, viendo que en un sujeto donde se contenía tan extraordinaria locura como era el pensar que fuese de vidrio, se encerrase tan grande entendimiento que respondiese a toda pregunta con propiedad y agudeza.

Pidió Tomás le diesen alguna funda donde pusiese aquel vaso quebradizo de su cuerpo, porque al vestirse algún vestido estrecho no se quebrase; y así, le dieron una ropa parda y una camisa muy ancha, que él se vistió con mucho tiento y se ciñó con una cuerda de algodón. No quiso calzarse zapatos en ninguna manera, y el orden que tuvo para que le diesen de comer, sin que a él llegasen, fue poner en la punta de una vara una vasera[22] de orinal, en la cual le ponían alguna cosa de fruta de las que la sazón del tiempo ofrecía. Carne ni pescado, no lo quería; no bebía sino en fuente o en río, y esto con las manos; cuando andaba por las calles iba por la mitad dellas, mirando a los tejados, temeroso no le cayese alguna teja encima y le quebrase. Los veranos dormía en el campo al cielo

---

[22] *Vasera*: es la caja o funda donde se guardan los vasos u objetos de vidrio.

abierto, y los inviernos se metía en algún mesón, y en el pajar se enterraba hasta la garganta, diciendo que aquélla era la más propia y más segura cama que podían tener los hombres de vidrio. Cuando tronaba, temblaba como un azogado,[23] y se salía al campo y no entraba en poblado hasta haber pasado la tempestad.

Tuviéronle encerrado sus amigos mucho tiempo; pero, viendo que su desgracia pasaba adelante, determinaron de condescender con lo que él les pedía, que era le dejasen andar libre; y así, le dejaron, y él salió por la ciudad, causando admiración y lástima a todos los que le conocían.

Cercáronle luego los muchachos; pero él con la vara los detenía, y les rogaba le hablasen apartados, porque no se quebrase; que, por ser hombre de vidrio, era muy tierno y quebradizo. Los muchachos, que son la más traviesa generación del mundo, a despecho de sus ruegos y voces, le comenzaron a tirar trapos, y aun piedras, por ver si era de vidrio, como él decía. Pero él daba tantas voces y hacía tales extremos, que movía a los hombres a que riñesen y castigasen a los muchachos porque no le tirasen.

Mas un día que le fatigaron mucho se volvió a ellos, diciendo:

—¿Qué me queréis, muchachos, porfiados como moscas, sucios como chinches, atrevidos como pulgas? ¿Soy yo, por ventura, el monte Testacho de Roma, para que me tiréis tantos tiestos y tejas?

Por oírle reñir y responder a todos, le seguían siempre muchos, y los muchachos tomaron y tuvieron por mejor partido antes oílle que tiralle.

---

[23] *Azogado*: los enfermos por envenenamiento con mercurio (azogue) temblaban continuamente, de ahí la comparación.

Pasando, pues, una vez por la ropería de Salamanca, le dijo una ropera:

—En mi ánima, señor licenciado, que me pesa de su desgracia; pero, ¿qué haré, que no puedo llorar?

Él se volvió a ella, y muy mesurado le dijo:

—*Filiae Hierusalem, plorate super vos et super filios vestros.*[24]

Entendió el marido de la ropera la malicia del dicho y díjole:

—Hermano licenciado Vidriera (que así decía él que se llamaba), más tenéis de bellaco que de loco.

—No se me da un ardite[25] —respondió él—, como no tenga nada de necio.

Pasando un día por la casa llana y venta común, vio que estaban a la puerta della muchas de sus moradoras, y dijo que eran bagajes del ejército de Satanás que estaban alojados en el mesón del infierno.

Preguntóle uno que qué consejo o consuelo daría a un amigo suyo que estaba muy triste porque su mujer se le había ido con otro.

A lo cual respondió:

—Dile que dé gracias a Dios por haber permitido le llevasen de casa a su enemigo.

—Luego, ¿no irá a buscarla? —dijo el otro.

—¡Ni por pienso! —replicó Vidriera—; porque sería el hallarla hallar un perpetuo y verdadero testigo de su deshonra.

---

[24] "Hijas de Jerusalén, llorad sobre vosotras y sobre vuestros hijos". Remite a la frase que recogen los Evangelios (San Lucas XXIII) que dijo Jesús a las mujeres de Jerusalén.

[25] *Ardite*: Moneda de muy poco valor, equivale a decir me importa muy poco.

—Ya que eso sea así —dijo el mismo—, ¿qué haré yo para tener paz con mi mujer?

Respondióle:

—Dale lo que hubiere menester; déjala que mande a todos los de su casa, pero no sufras que ella te mande a ti.

Díjole un muchacho:

—Señor licenciado Vidriera, yo me quiero desgarrar de mi padre porque me azota muchas veces.

Y respondióle:

—Advierte, niño, que los azotes que los padres dan a los hijos honran, y los del verdugo afrentan.

Estando a la puerta de una iglesia, vio que entraba en ella un labrador de los que siempre blasonan de cristianos viejos, y detrás dél venía uno que no estaba en tan buena opinión como el primero; y el Licenciado dio grandes voces al labrador, diciendo:

—Esperad, Domingo, a que pase el Sábado.

De los maestros de escuela decía que eran dichosos, pues trataban siempre con ángeles; y que fueran dichosísimos si los angelitos no fueran mocosos.

Otro le preguntó que qué le parecía de las alcahuetas. Respondió que no lo eran las apartadas, sino las vecinas.

Las nuevas de su locura y de sus respuestas y dichos se extendió por toda Castilla; y, llegando a noticia de un príncipe, o señor, que estaba en la Corte, quiso enviar por él, y encargóselo a un caballero amigo suyo, que estaba en Salamanca, que se lo enviase; y, topándole el caballero un día, le dijo:

—Sepa el señor licenciado Vidriera que un gran personaje de la Corte le quiere ver y envía por él.

A lo cual respondió:

—Vuesa merced me excuse con ese señor, que yo no soy bueno para palacio, porque tengo vergüenza y no sé lisonjear.

Con todo esto, el caballero le envió a la Corte, y para traerle usaron con él desta invención: pusiéronle en unas árganas[26] de paja, como aquellas donde llevan el vidrio, igualando los tercios con piedras, y entre paja puestos algunos vidrios, porque se diese a entender que como vaso de vidrio le llevaban. Llegó a Valladolid; entró de noche y desembanastáronle en la casa del señor que había enviado por él, de quien fue muy bien recebido, diciéndole:

—Sea muy bien venido el señor licenciado Vidriera. ¿Cómo ha ido en el camino? ¿Cómo va de salud?

A lo cual respondió:

—Ningún camino hay malo, como se acabe, si no es el que va a la horca. De salud estoy neutral, porque están encontrados mis pulsos con mi celebro.

Otro día, habiendo visto en muchas alcándaras[27] muchos neblíes y azores y otros pájaros de volatería, dijo que la caza de altanería era digna de príncipes y de grandes señores; pero que advirtiesen que con ella echaba el gusto censo sobre el provecho a más de dos mil por uno. La caza de liebres dijo que era muy gustosa, y más cuando se cazaba con galgos prestados.

El caballero gustó de su locura y dejóle salir por la ciudad, debajo del amparo y guarda de un hombre que tuviese cuenta que los muchachos no

---

[26] *Árganas:* especie de cesta que se coloca sobre los animales para transportar alimentos.

[27] *Alcándara*: percha donde se posan las aves de caza como los halcones.

le hiciesen mal; de los cuales y de toda la Corte fue conocido en seis días, y a cada paso, en cada calle y en cualquiera esquina, respondía a todas las preguntas que le hacían; entre las cuales le preguntó un estudiante si era poeta, porque le parecía que tenía ingenio para todo.

A lo cual respondió:

—Hasta ahora no he sido tan necio ni tan venturoso.

—No entiendo eso de necio y venturoso —dijo el estudiante.

Y respondió Vidriera:

—No he sido tan necio que diese en poeta malo, ni tan venturoso que haya merecido serlo bueno.

Preguntóle otro estudiante que en qué estimación tenía a los poetas. Respondió que a la ciencia, en mucha; pero que a los poetas, en ninguna. Replicáronle que por qué decía aquello. Respondió que del infinito número de poetas que había, eran tan pocos los buenos, que casi no hacían número; y así, como si no hubiese poetas, no los estimaba; pero que admiraba y reverenciaba la ciencia de la poesía porque encerraba en sí todas las demás ciencias: porque de todas se sirve, de todas se adorna, y pule y saca a luz sus maravillosas obras, con que llena el mundo de provecho, de deleite y de maravilla.

Añadió más:

—Yo bien sé en lo que se debe estimar un buen poeta, porque se me acuerda de aquellos versos de Ovidio que dicen:

Cum ducum fuerant olim Regnumque poeta:
premiaque antiqui magna tulere chori.

Sanctaque maiestas, et erat venerabile nomen
vatibus; et large sape dabantur opes.[28]

Y menos se me olvida la alta calidad de los poetas, pues los llama Platón intérpretes de los dioses, y dellos dice Ovidio:

Est Deus in nobis, agitante calescimus illo.[29]

Y también dice:

At sacri vates, et Divum cura vocamus.[30]

Esto se dice de los buenos poetas; que de los malos, de los churrulleros,[31] ¿qué se ha de decir, sino que son la idiotez y la arrogancia del mundo?

Y añadió más:

—¡Qué es ver a un poeta destos de la primera impresión cuando quiere decir un soneto a otros que le rodean, las salvas que les hace diciendo: "Vuesas mercedes escuchen un sonetillo que anoche a cierta ocasión hice, que, a mi parecer, aunque no vale nada, tiene un no sé qué de bonito!" Y en esto tuerce los labios, pone en arco las cejas y se rasca la faldriquera,

---

[28] Versos del *Arte de amar* de Ovidio: En otro tiempo eran los poetas delicia de los dioses y de los reyes, y los antiguos cantos premiados con grandes galardones. Santo respeto y nombre venerable tenían entonces los vates, y muchas veces se les prodigaban riquezas.

[29] Hay un dios en nosotros: impulsados por él, nos enardecemos.

[30] Y sin embargo, se nos llama a los poetas adivinos y amados de los dioses.

[31] *Churrulleros*: habladores, charlatanes o fanfarrones.

y de entre otros mil papeles mugrientos y medio rotos, donde queda otro millar de sonetos, saca el que quiere relatar, y al fin le dice con tono melifluo y alfeñicado.[32] Y si acaso los que le escuchan, de socarrones o de ignorantes, no se le alaban, dice: "O vuesas mercedes no han entendido el soneto, o yo no le he sabido decir; y así, será bien recitarle otra vez y que vuesas mercedes le presten más atención, porque en verdad que el soneto lo merece". Y vuelve como primero a recitarle con nuevos ademanes y nuevas pausas. Pues, ¿qué es verlos censurar los unos a los otros? ¿Qué diré del ladrar que hacen los cachorros y modernos a los mastinazos antiguos y graves? ¿Y qué de los que murmuran de algunos ilustres y excelentes sujetos, donde resplandece la verdadera luz de la poesía; que, tomándola por alivio y entretenimiento de sus muchas y graves ocupaciones, muestran la divinidad de sus ingenios y la alteza de sus conceptos, a despecho y pesar del circunspecto ignorante que juzga de lo que no sabe y aborrece lo que no entiende, y del que quiere que se estime y tenga en precio la necedad que se sienta debajo de doseles y la ignorancia que se arrima a los sitiales?

Otra vez le preguntaron qué era la causa de que los poetas, por la mayor parte, eran pobres. Respondió que porque ellos querían, pues estaba en su mano ser ricos, si se sabían aprovechar de la ocasión que por momentos traían entre las manos, que eran las de sus damas, que todas eran riquísimas en extremo, pues tenían los cabellos de oro, la frente de plata bruñida, los ojos de verdes esmeraldas, los dientes

---

[32] *Melifluo y alfeñicado*: dulzón, empalagoso.

de marfil, los labios de coral y la garganta de cristal transparente, y que lo que lloraban eran líquidas perlas; y más, que lo que sus plantas pisaban, por dura y estéril tierra que fuese, al momento producía jazmines y rosas; y que su aliento era de puro ámbar, almizcle y algalia;[33] y que todas estas cosas eran señales y muestras de su mucha riqueza. Éstas y otras cosas decía de los malos poetas, que de los buenos siempre dijo bien y los levantó sobre el cuerno de la luna.

Vio un día en la acera de San Francisco unas figuras pintadas de mala mano, y dijo que los buenos pintores imitaban a naturaleza, pero que los malos la vomitaban.

Arrimóse un día con grandísimo tiento, porque no se quebrase, a la tienda de un librero, y díjole:

—Este oficio me contentara mucho si no fuera por una falta que tiene.

Preguntóle el librero se la dijese. Respondióle:

—Los melindres que hacen cuando compran un privilegio de un libro, y de la burla que hacen a su autor si acaso le imprime a su costa; pues, en lugar de mil y quinientos, imprimen tres mil libros, y, cuando el autor piensa que se venden los suyos, se despachan los ajenos.

Acaeció este mismo día que pasaron por la plaza seis azotados; y, diciendo el pregón: "Al primero, por ladrón", dio grandes voces a los que estaban delante dél, diciéndoles:

—¡Apartaos, hermanos, no comience aquella cuenta por alguno de vosotros!

---

[33] *Almizcle y algalia*: sustancias odoríferas de origen animal que se usan en perfumería.

Y cuando el pregonero llegó a decir: "Al trasero...", dijo:

—Aquel debe de ser el fiador de los muchachos.

Un muchacho le dijo:

—Hermano Vidriera, mañana sacan a azotar a una alcahueta.

Respondióle:

—Si dijeras que sacaban a azotar a un alcahuete, entendiera que sacaban a azotar un coche.

Hallóse allí uno destos que llevan sillas de manos, y díjole:

—De nosotros, Licenciado, ¿no tenéis qué decir?

—No —respondió Vidriera—, sino que sabe cada uno de vosotros más pecados que un confesor; mas es con esta diferencia: que el confesor los sabe para tenerlos secretos, y vosotros para publicarlos por las tabernas.

Oyó esto un mozo de mulas, porque de todo género de gente le estaba escuchando contino, y díjole:

—De nosotros, señor Redoma, poco o nada hay que decir, porque somos gente de bien y necesaria en la república.

A lo cual respondió Vidriera:

—La honra del amo descubre la del criado. Según esto, mira a quién sirves y verás cuán honrado eres: mozos sois vosotros de la más ruin canalla que sustenta la tierra. Una vez, cuando no era de vidrio, caminé una jornada en una mula de alquiler tal, que le conté ciento y veinte y una tachas, todas capitales y enemigas del género humano. Todos los mozos de mulas tienen su punta de rufianes, su punta de cacos, y su es no es de truhanes. Si sus amos (que así llaman ellos a los que llevan en sus mulas) son boquimuelles,[34] hacen más suertes en ellos que las que echaron en esta ciudad los años pasados: si son extranjeros, los roban; si estudiantes, los maldicen; y si religiosos, los reniegan; y si soldados, los tiemblan. Éstos, y los marineros y carreteros y arrieros, tienen un modo de vivir extraordinario y sólo para ellos: el carretero pasa lo más de la vida en espacio de vara y media de lugar, que poco más debe de haber del yugo de las mulas a la boca del carro; canta la mitad del tiempo y la otra mitad reniega; y en decir: "Háganse a zaga" se les pasa otra parte; y si acaso les queda por sacar alguna rueda de algún atolladero, más se ayudan de dos pésetes[35] que de tres mulas. Los marineros son gente gentil, inurbana, que no sabe otro lenguaje que el que se usa en los navíos; en la bonanza son diligentes y en la borrasca perezosos; en la tormenta mandan muchos y obedecen pocos; su Dios es su arca y su rancho, y su pasatiempo ver mareados a los pasajeros. Los arrieros son gente que ha hecho divorcio con las sábanas y se ha casado con las enjalmas;[36] son tan diligentes y presurosos que, a trueco de no perder la jornada, perderán el alma; su música es la del mortero; su salsa, la hambre; sus maitines, levantarse a dar sus piensos; y sus misas, no oír ninguna.

Cuando esto decía, estaba a la puerta de un boticario, y, volviéndose al dueño, le dijo:

—Vuesa merced tiene un saludable oficio, si no fuese tan enemigo de sus candiles.

---

[34] *Boquimuelles*: se dice de los caballos de boca blanda y se aplica a quienes son boquiflojos, habladores.
[35] *Pésetes*: juramentos, maldiciones o groserías.
[36] *Enjalmas*: especie de aparejo de bestia de carga, como una albardilla ligera.

—¿En qué modo soy enemigo de mis candiles? —preguntó el boticario.

Y respondió Vidriera:

—Esto digo porque, en faltando cualquiera aceite, la suple la del candil que está más a mano; y aún tiene otra cosa este oficio bastante a quitar el crédito al más acertado médico del mundo.

Preguntándole por qué, respondió que había boticario que, por no decir que faltaba en su botica lo que recetaba el médico, por las cosas que le faltaban ponía otras que a su parecer tenían la misma virtud y calidad, no siendo así; y con esto, la medicina mal compuesta obraba al revés de lo que había de obrar la bien ordenada.

Preguntóle entonces uno que qué sentía de los médicos, y respondió esto:

—*Honora medicum propter necessitatem, etenim creavit eum Altissimus. A Deo enim est omnis medela, et a rege accipiet donationem. Disciplina medici exaltavit caput illius, et in conspectu magnatum collaudabitur. Altissimus de terra creavit medicinam, et vir prudens non ab[h]orrebit illam.*[37] Esto dice —dijo— el *Eclesiástico* de la medicina y de los buenos médicos, y de los malos se podría decir todo al revés, porque no hay gente más dañosa a la república que ellos. El juez nos puede torcer o dilatar la justicia; el letrado, sustentar por su interés nuestra injusta demanda; el mercader, chuparnos la hacienda; finalmente, todas

---

[37] Honra al médico por cuanto tienes de él necesidad, pues a él también le ha creado Dios. De Dios procede la habilidad del médico, y del rey recibe obsequios. La ciencia del médico hácele llevar erguida la cabeza y se mantiene delante de los grandes: Dios saca de la tierra los remedios y un hombre inteligente no los despreciará.

las personas con quien de necesidad tratamos nos pueden hacer algún daño; pero quitarnos la vida, sin quedar sujetos al temor del castigo, ninguno. Sólo los médicos nos pueden matar y nos matan sin temor y a pie quedo, sin desenvainar otra espada que la de un *récipe*.[38] Y no hay descubrirse sus delictos, porque al momento los meten debajo de la tierra. Acuérdaseme que cuando yo era hombre de carne, y no de vidrio como agora soy, que a un médico destos de segunda clase le despidió un enfermo por curarse con otro, y el primero, de allí a cuatro días, acertó a pasar por la botica donde receptaba el segundo, y preguntó al boticario que cómo le iba al enfermo que él había dejado, y que si le había receptado alguna purga el otro médico. El boticario le respondió que allí tenía una recepta de purga que el día siguiente había de tomar el enfermo. Dijo que se la mostrase, y vio que al fin della estaba escrito: *Sumat dilúculo*;[39] y dijo: "Todo lo que lleva esta purga me contenta, si no es este *dilúculo*, porque es húmido demasiadamente".

Por estas y otras cosas que decía de todos los oficios, se andaban tras él, sin hacerle mal y sin dejarle sosegar; pero, con todo esto, no se pudiera defender de los muchachos si su guardián no le defendiera. Preguntóle uno qué haría para no tener envidia a nadie. Respondióle:

—Duerme; que todo el tiempo que durmieres serás igual al que envidias.

---

[38] *Recipe*: receta.

[39] Se refiere a una medicina que debe tomarse al amanecer (en latín *diluculum*), pero hace un juego de palabras con dilu (lavar)-culo.

Otro le preguntó qué remedio tendría para salir con una comisión que había dos años que la pretendía. Y díjole:

—Parte a caballo y a la mira de quien la lleva, y acompáñale hasta salir de la ciudad, y así saldrás con ella.

Pasó acaso una vez por delante donde él estaba un juez de comisión que iba de camino a una causa criminal, y llevaba mucha gente consigo y dos alguaciles; preguntó quién era, y, como se lo dijeron, dijo:

—Yo apostaré que lleva aquel juez víboras en el seno, pistoletes en la cinta y rayos en las manos, para destruir todo lo que alcanzare su comisión. Yo me acuerdo haber tenido un amigo que, en una comisión criminal que tuvo, dio una sentencia tan exorbitante, que excedía en muchos quilates a la culpa de los delincuentes. Preguntéle que por qué había dado aquella tan cruel sentencia y hecho tan manifiesta injusticia. Respondióme que pensaba otorgar la apelación, y que con esto dejaba campo abierto a los señores del Consejo para mostrar su misericordia, moderando y poniendo aquella su rigurosa sentencia en su punto y debida proporción. Yo le respondí que mejor fuera haberla dado de manera que les quitara de aquel trabajo, pues con esto le tuvieran a él por juez recto y acertado.

En la rueda de la mucha gente que, como se ha dicho, siempre le estaba oyendo, estaba un conocido suyo en hábito de letrado, al cual otro le llamó Señor Licenciado; y, sabiendo Vidriera que el tal a quien llamaron licenciado no tenía ni aun título de bachiller, le dijo:

—Guardaos, compadre, no encuentren con vuestro título los frailes de la redempción de cautivos, que os le llevarán por mostrenco.

A lo cual dijo el amigo:

—Tratémonos bien, señor Vidriera, pues ya sabéis vos que soy hombre de altas y de profundas letras.

Respondióle Vidriera:

—Ya yo sé que sois un Tántalo[40] en ellas, porque se os van por altas y no las alcanzáis de profundas.

Estando una vez arrimado a la tienda de un sastre, viole que estaba mano sobre mano, y díjole:

—Sin duda, señor maeso,[41] que estáis en camino de salvación.

—¿En qué lo veis? —preguntó el sastre.

—¿En qué lo veo? —respondió Vidriera—. Véolo en que, pues no tenéis qué hacer, no tendréis ocasión de mentir.

Y añadió:

—Desdichado del sastre que no miente y cose las fiestas; cosa maravillosa es que casi en todos los deste oficio apenas se hallará uno que haga un vestido justo, habiendo tantos que los hagan pecadores.

De los zapateros decía que jamás hacían, conforme a su parecer, zapato malo; porque si al que se le calzaban venía estrecho y apretado, le decían que así había de ser, por ser de galanes calzar justo, y que en trayéndolos dos horas vendrían más anchos que alpargates; y si le venían anchos, decían que así habían de venir, por amor de la gota.

Un muchacho agudo que escribía en un oficio de Provincia le apretaba mucho con preguntas y de-

---

[40] En la mitología clásica Tántalo estaba cautivo con el agua al cuello, la cual descendía cada vez que la quería beber, así como las frutas que pendían sobre su cabeza se elevaban cuando pretendía comerlas.

[41] *Maeso*: maestro.

mandas, y le traía nuevas de lo que en la ciudad pasaba, porque sobre todo discantaba y a todo respondía. Éste le dijo una vez:

—Vidriera, esta noche se murió en la cárcel un banco[42] que estaba condenado ahorcar.

A lo cual respondió:

—Él hizo bien a darse priesa a morir antes que el verdugo se sentara sobre él.

En la acera de San Francisco estaba un corro de ginoveses; y, pasando por allí, uno dellos le llamó, diciéndole:

—Lléguese acá el señor Vidriera y cuéntenos un cuento.

Él respondió:

—No quiero, porque no me le paséis a Génova.

Topó una vez a una tendera que llevaba delante de sí una hija suya muy fea, pero muy llena de dijes, de galas y de perlas; y díjole a la madre:

—Muy bien habéis hecho en empedralla, porque se pueda pasear.

De los pasteleros dijo que había muchos años que jugaban a la dobladilla,[43] sin que les llevasen [a] la pena, porque habían hecho el pastel de a dos de a cuatro, el de a cuatro de a ocho, y el de a ocho de a medio real, por sólo su albedrío y beneplácito.

De los titereros decía mil males: decía que era gente vagamunda y que trataba con indecencia de las cosas divinas, porque con las figuras que mostraban en sus retratos volvían la devoción en risa, y que les acontecía envasar en un costal todas o las más figuras del

---

[42] *Banco*: se refiere al cambista empleando el término de su objeto de trabajo: el banco.

[43] *Dobladilla*: juego de cartas.

Testamento Viejo y Nuevo y sentarse sobre él a comer y beber en los bodegones y tabernas. En resolución, decía que se maravillaba de cómo quien podía no les ponía perpetuo silencio en sus retablos, o los desterraba del reino.

Acertó a pasar una vez por donde él estaba un comediante vestido como un príncipe, y, en viéndole, dijo:

—Yo me acuerdo haber visto a éste salir al teatro enharinado el rostro y vestido un zamarro del revés; y, con todo esto, a cada paso fuera del tablado, jura a fe de hijodalgo.

—Débelo de ser —respondió uno—, porque hay muchos comediantes que son muy bien nacidos y hijosdalgo.

—Así será verdad —replicó Vidriera—, pero lo que menos ha menester la farsa es personas bien nacidas; galanes sí, gentileshombres y de expeditas lenguas. También sé decir dellos que en el sudor de su cara ganan su pan con inllevable trabajo, tomando contino de memoria, hechos perpetuos gitanos, de lugar en lugar y de mesón en venta, desvelándose en contentar a otros, porque en el gusto ajeno consiste su bien propio. Tienen más, que con su oficio no engañan a nadie, pues por momentos sacan su mercaduría a pública plaza, al juicio y a la vista de todos. El trabajo de los autores es increíble, y su cuidado, extraordinario, y han de ganar mucho para que al cabo del año no salgan tan empeñados, que les sea forzoso hacer pleito de acreedores. Y, con todo esto, son necesarios en la república, como lo son las florestas, las alamedas y las vistas de recreación, y como lo son las cosas que honestamente recrean.

Decía que había sido opinión de un amigo suyo que el que servía a una comedianta, en sola una servía a muchas damas juntas, como era a una reina, a una ninfa, a una diosa, a una fregona, a una pastora, y muchas veces caía la suerte en que serviese en ella a un paje y a un lacayo: que todas estas y más figuras suele hacer una farsanta.

Preguntóle uno que cuál había sido el más dichoso del mundo. Respondió que *Nemo*; porque *Nemo novit Patrem, Nemo sine crimine vivit, Nemo sua sorte contentus, Nemo ascendit in coelum.*[44]

De los diestros dijo una vez que eran maestros de una ciencia o arte que cuando la habían menester no la sabían, y que tocaban algo en presuntuosos, pues querían reducir a demostraciones matemáticas, que son infalibles, los movimientos y pensamientos coléricos de sus contrarios. Con los que se teñían las barbas tenía particular enemistad; y, riñendo una vez delante dél dos hombres, que el uno era portugués, éste dijo al castellano, asiéndose de las barbas, que tenía muy teñidas:

—*¡Por istas barbas que teño no rostro...!*

A lo cual acudió Vidriera:

—*¡Ollay, home, naon digáis teño, sino tiño!*

Otro traía las barbas jaspeadas y de muchas colores, culpa de la mala tinta; a quien dijo Vidriera que tenía las barbas de muladar overo. A otro, que traía las barbas por mitad blancas y negras, por haber-

---

[44] *Nemo*: nadie. Serie de frases de origen clásico o bíblico sacadas de su contexto original con lo que adquieren un doble sentido: *Nemo novit Patrem* (nadie conoció a su padre), *Nemo sine crimine vivit* (nadie vive sin crimen), *Nemo sua sorte contentus,* (nadie está contento de su suerte), *Nemo ascendit in coelum* (nadie sube al cielo).

se descuidado, y los cañones crecidos, le dijo que procurase de no porfiar ni reñir con nadie, porque estaba aparejado a que le dijesen que mentía por la mitad de la barba.

Una vez contó que una doncella discreta y bien entendida, por acudir a la voluntad de sus padres, dio el sí de casarse con un viejo todo cano, el cual la noche antes del día del desposorio se fue, no al río Jordán,[45] como dicen las viejas, sino a la redomilla del agua fuerte[46] y plata, con que renovó de manera su barba, que la acostó de nieve y la levantó de pez.[47] Llegóse la hora de darse las manos, y la doncella conoció por la pinta y por la tinta la figura, y dijo a sus padres que le diesen el mismo esposo que ellos le habían mostrado, que no quería otro. Ellos le dijeron que aquel que tenía delante era el mismo que le habían mostrado y dado por esposo. Ella replicó que no era, y trujo testigos cómo el que sus padres le dieron era un hombre grave y lleno de canas; y que, pues el presente no las tenía, no era él, y se llamaba a engaño. Atúvose a esto, corrióse el teñido y deshízose el casamiento.

Con las dueñas tenía la misma ojeriza que con los escabechados: decía maravillas de su *permafoy*,[48] de las mortajas de sus tocas, de sus muchos melindres, de sus escrúpulos y de su extraordinaria miseria. Amohinábanle sus flaquezas de estómago, su vaguidos de cabeza, su modo de hablar, con más

---

[45] El cual según la leyenda rejuvenecía al que se bañaba en sus aguas.

[46] Solución de vinagre, sal y cardenillo (acetatos de cobre). También puede ser ácido nítrico diluido.

[47] *Pez*: substancia negra semejante al asfalto.

[48] *Permafoy*: exclamación o juramento. La palabra es la castellanización del francés *per ma foi* (por mi fe).

repulgos que sus tocas; y, finalmente, su inutilidad y sus vainillas.[49]

Uno le dijo:

—¿Qué es esto, señor licenciado, que os he oído decir mal de muchos oficios y jamás lo habéis dicho de los escribanos, habiendo tanto que decir?

A lo cual respondió:

—Aunque de vidrio, no soy tan frágil que me deje ir con la corriente del vulgo, las más veces engañado. Paréceme a mí que la gramática de los murmuradores y el *la, la, la* de los que cantan son los escribanos; porque, así como no se puede pasar a otras ciencias, si no es por la puerta de la gramática, y como el músico primero murmura que canta, así, los maldicientes, por donde comienzan a mostrar la malignidad de sus lenguas es por decir mal de los escribanos y alguaciles y de los otros ministros de la justicia, siendo un oficio el del escribano sin el cual andaría la verdad por el mundo a sombra de tejados, corrida y maltratada; y así, dice el Eclesiástico: *In manu Dei potestas hominis est, et super faciem scribe imponet honorem.*[50] Es el escribano persona pública, y el oficio del juez no se puede ejercitar cómodamente sin el suyo. Los escribanos han de ser libres, y no esclavos, ni hijos de esclavos: legítimos, no bastardos ni de ninguna mala raza nacidos. Juran de secreto fidelidad y que no harán escritura usuraria; que ni amistad ni enemistad, provecho o daño les moverá a no hacer su oficio con buena y cristiana conciencia. Pues si este oficio tantas buenas partes requiere, ¿por

---

[49] *Vainillas* o *vainicas*: deshilados que se hacen junto a los dobladillos.

[50] En la mano de Dios está el poder del hombre, y a la persona del escriba confiere su autoridad.

qué se ha de pensar que de más de veinte mil escribanos que hay en España se lleve el diablo la cosecha, como si fuesen cepas de su majuelo? No lo quiero creer, ni es bien que ninguno lo crea; porque, finalmente, digo que es la gente más necesaria que había en las repúblicas bien ordenadas, y que si llevaban demasiados derechos, también hacían demasiados tuertos, y que destos dos extremos podía resultar un medio que les hiciese mirar por el virote.[51]

De los alguaciles dijo que no era mucho que tuviesen algunos enemigos, siendo su oficio, o prenderte, o sacarte la hacienda de casa, o tenerte en la suya en guarda y comer a tu costa. Tachaba la negligencia e ignorancia de los procuradores y solicitadores, comparándolos a los médicos, los cuales, que sane o no sane el enfermo, ellos llevan su propina, y los procuradores y solicitadores, lo mismo, salgan o no salgan con el pleito que ayudan.

Preguntóle uno cuál era la mejor tierra. Respondió que la temprana y agradecida. Replicó el otro:

—No pregunto eso, sino que cuál es mejor lugar: ¿Valladolid o Madrid?

Y respondió:

—De Madrid, los extremos; de Valladolid, los medios.

—No lo entiendo —repitió el que se lo preguntaba.

Y dijo:

—De Madrid, cielo y suelo; de Valladolid, los entresuelos.

---

[51] La frase remite a recoger los virotes después de la cacería y se usa con el sentido de atender con cuidado y vigilancia a lo que importa. *Virote*: flecha con casquillo metálico.

Oyó Vidriera que dijo un hombre a otro que, así como había entrado en Valladolid, había caído su mujer muy enferma, porque la había probado la tierra.

A lo cual dijo Vidriera:

—Mejor fuera que se la hubiera comido, si acaso es celosa.

De los músicos y de los correos de a pie decía que tenían las esperanzas y las suertes limitadas, porque los unos la acababan con llegar a serlo de a caballo, y los otros con alcanzar a ser músicos del rey. De las damas que llaman cortesanas decía que todas, o las más, tenían más de corteses que de sanas.

Estando un día en una iglesia vio que traían a enterrar a un viejo, a bautizar a un niño y a velar una mujer, todo a un mismo tiempo, y dijo que los templos eran campos de batalla, donde los viejos acaban, los niños vencen y las mujeres triunfan.

Picábale una vez una avispa en el cuello, y no se la osaba sacudir por no quebrarse; pero, con todo eso, se quejaba. Preguntóle uno que cómo sentía aquella avispa, si era su cuerpo de vidrio. Y respondió que aquella avispa debía de ser murmuradora, y que las lenguas y picos de los murmuradores eran bastantes a desmoronar cuerpos de bronce, no que de vidrio.

Pasando acaso un religioso muy gordo por donde él estaba, dijo uno de sus oyentes:

—De hético[52] no se puede mover el padre.

Enojóse Vidriera, y dijo:

—Nadie se olvide de lo que dice el Espíritu Santo: *Nolite tangere christos meos.*[53]

---

[52] *Hético*: tísico. También juega con el sentido de la palabra ético.

[53] "No toquéis a mis ungidos" (Salmos, 104).

Y, subiéndose más en cólera, dijo que mirasen en ello, y verían que de muchos santos que de pocos años a esta parte había canonizado la Iglesia y puesto en el número de los bienaventurados, ninguno se llamaba el capitán don Fulano, ni el secretario don Tal de don Tales, ni el Conde, Marqués o Duque de tal parte, sino fray Diego, fray Jacinto, fray Raimundo, todos frailes y religiosos; porque las religiones son los Aranjueces del cielo, cuyos frutos, de ordinario, se ponen en la mesa de Dios.

Decía que las lenguas de los murmuradores eran como las plumas del águila: que roen y menoscaban todas las de las otras aves que a ellas se juntan. De los gariteros y tahúres decía milagros: decía que los gariteros eran públicos prevaricadores, porque, en sacando el barato[54] del que iba haciendo suertes, deseaban que perdiese y pasase el naipe adelante, porque el contrario las hiciese y él cobrase sus derechos. Alababa mucho la paciencia de un tahúr, que estaba toda una noche jugando y perdiendo, y con ser de condición colérico y endemoniado, a trueco de que su contrario no se alzase, no descosía la boca, y sufría lo que un mártir de Barrabás. Alababa también las conciencias de algunos honrados gariteros que ni por imaginación consentían que en su casa se jugase otros juegos que polla y cientos; y con esto, a fuego lento, sin temor y nota de malsines,[55] sacaban al cabo del mes más barato que los que consentían los juegos de estocada, del reparolo, siete y llevar, y pinta en la del punto.

En resolución, él decía tales cosas que, si no fuera por los grandes gritos que daba cuando le toca-

---

[54] *Barato*: propina.

[55] *Malsines*: intrigantes, chismosos, murmuradores.

ban o a él se arrimaban, por el hábito que traía, por la estrecheza de su comida, por el modo con que bebía, por el no querer dormir sino al cielo abierto en el verano y el invierno en los pajares, como queda dicho, con que daba tan claras señales de su locura, ninguno pudiera creer sino que era uno de los más cuerdos del mundo.

Dos años o poco más duró en esta enfermedad, porque un religioso de la Orden de San Jerónimo, que tenía gracia y ciencia particular en hacer que los mudos entendiesen y en cierta manera hablasen, y en curar locos, tomó a su cargo de curar a Vidriera, movido de caridad; y le curó y sanó, y volvió a su primer juicio, entendimiento y discurso. Y, así como le vio sano, le vistió como letrado y le hizo volver a la Corte, adonde, con dar tantas muestras de cuerdo como las había dado de loco, podía usar su oficio y hacerse famoso por él.

Hízolo así; y, llamándose el licenciado Rueda, y no Rodaja, volvió a la Corte, donde, apenas hubo entrado, cuando fue conocido de los muchachos; mas, como le vieron en tan diferente hábito del que solía, no le osaron dar grita ni hacer preguntas; pero seguíanle y decían unos a otros:

—¿Éste no es el loco Vidriera? ¡A fe que es él! Ya viene cuerdo. Pero tan bien puede ser loco bien vestido como mal vestido; preguntémosle algo, y salgamos desta confusión.

Todo esto oía el licenciado y callaba, y iba más confuso y más corrido que cuando estaba sin juicio.

Pasó el conocimiento de los muchachos a los hombres; y, antes que el licenciado llegase al patio de los Consejos, llevaba tras de sí más de doscientas personas de todas suertes. Con este acompañamiento, que era más que de un catedrático, llegó al patio, donde le acabaron de circundar cuantos en él estaban. Él, viéndose con tanta turba a la redonda, alzó la voz y dijo:

—Señores, yo soy el licenciado Vidriera, pero no el que solía: soy ahora el licenciado Rueda; sucesos y desgracias que acontecen en el mundo, por permisión del cielo, me quitaron el juicio, y las misericordias de Dios me le han vuelto. Por las cosas que dicen que dije cuando loco, podéis considerar las que diré y haré cuando cuerdo. Yo soy graduado en leyes por Salamanca, adonde estudié con pobreza y adonde llevé segundo en licencias: de do se puede inferir que más la virtud que el favor me dio el grado que tengo. Aquí he venido a este gran mar de la Corte para abogar y ganar la vida; pero si no me dejáis, habré venido a bogar y granjear la muerte. Por amor de Dios que no hagáis que el seguirme sea perseguirme, y que lo que alcancé por loco, que es el sustento, lo pierda por cuerdo. Lo que solíades preguntarme en las plazas, preguntádmelo ahora en mi casa, y veréis que el que os respondía bien, según dicen, de improviso, os responderá mejor de pensado.

Escucháronle todos y dejáronle algunos. Volvióse a su posada con poco menos acompañamiento que había llevado.

Salió otro día y fue lo mismo; hizo otro sermón y no sirvió de nada. Perdía mucho y no ganaba cosa; y, viéndose morir de hambre, determinó de dejar la Corte y volverse a Flandes, donde pensaba valerse de las fuerzas de su brazo, pues no se podía valer de las de su ingenio.

Y, poniéndolo en efecto, dijo al salir de la Corte:

—¡Oh Corte, que alargas las esperanzas de los atrevidos pretendientes, y acortas las de los virtuosos encogidos, sustentas abundantemente a los truhanes desvergonzados y matas de hambre a los discretos vergonzosos!

Esto dijo y se fue a Flandes, donde la vida que había comenzado a eternizar por las letras la acabó de eternizar por las armas, en compañía de su buen amigo el capitán Valdivia, dejando fama en su muerte de prudente y valentísimo soldado.

LOPE DE VEGA

La más prudente venganza

Introducción

Entre 1621, en *La Filomena*, y 1624, en *La Circe*, Lope de Vega publica un total de cuatro novelas breves: *Las fortunas de Diana*, *La desdicha por la honra*, *La más prudente venganza* y *Guzmán el Bravo*, que son conocidas como *Novelas a Marcia Leonarda* por habérselas dedicado a Marta de Nevares, conocida literariamente bajo ese nombre.

En su momento por el término "novela" se entendía una narración de amores y aventuras del tipo de las que había iniciado en Italia Boccaccio y continuado en España autores como el mismo Cervantes, Timoneda o Solórzano. Las novelas debían ofrecer alguna lección moral al lector al mismo tiempo que entretenerlo a la manera de las narraciones medievales conocidas como *exempla*. Esto hace que Lope entronque sus novelas con la tradición cuentística al mismo tiempo que trata de darles un sustento teórico elevado y así es que en ellas se encuentra tanto la referencia culta cargada de sabiduría y valor moral, el tópico cuentístico popular y la libertad creadora de quien domina el oficio de escritor y conoce el gusto del público.

En las *Novelas a Marcia Leonarda* encontramos el tópico frecuente en la literatura de los siglos XVI y XVII de estar dedicadas a un interlocutor que está presente a lo largo de toda la narración. Por otra parte son características las interrupciones y digresiones que cortan el hilo narrativo: en primer lugar los apartes en que se dirige a "vuestra merced" en este caso a Marta de Nevares, después las citas, referencias y anécdotas de personajes de la Antigüedad, también los cuentos, refranes y anécdotas de tono popular de origen medieval, las reflexiones teóricas sobre la literatura y el modo de escribir novelas y finalmente los comentarios sobre costumbres o temas como el amor, los celos o la muerte.

La más prudente venganza es probablemente la más lograda de las cuatro novelas breves, ya que en ella Lope desarrolla, en el marco del tema de la honra y sobre una anécdota que recuerda las novelas italianas de la época, interesantes perspectivas psicológicas y la narración nunca pierde interés ni se vuelve monótona.

Bibliografía esencial

Bataillon, Marcel, *Varia lección de clásicos españoles*, Gredos, Madrid, 1964.

Pabst, W., *La novela corta en la teoría y en la creación literaria*, Gredos, Madrid, 1972.

Zamora Vicente, Alonso, *Lope de Vega. Su vida y su obra*, Gredos, Madrid, 1961.

Algunas ediciones

Lope de Vega, *Novelas a Marcia Leonarda*, ed. de Julia Barella, Júcar, Madrid-Gijón, 1988.

———————, *Novelas a Marcia Leonarda*, ed. de Francisco Rico, Alianza, Madrid, 1968.

La más prudente venganza

Novela segunda a la señora Marcia Leonarda[1]

Prometo a vuestra merced que me obliga a escribir en materia que no sé cómo pueda acertar a servirla, que, como cada escritor tiene su genio particular a que se aplica, el mío no debe de ser éste, aunque a muchos se lo parezca. Es genio, por si vuestra merced no lo sabe, que no está obligado a saberlo, aquella inclinación que nos guía más a unas cosas que a otras; y así, defraudar el genio es negar a la naturaleza lo que apetece, como lo sintió el poeta satírico. Púsole la antigüedad en la frente, porque en ella se conoce si hacemos alguna cosa con voluntad o sin ella. Esto es sin meternos en la opinión de Platón con Sócrates y de Plutarco con Bruto, y de Virgilio, que creyó que todos los lugares tenían su genio, cuando dijo:

> Así después habló, y un verde ramo
> ceñido por las sienes a los genios
> de los lugares y a la diosa Telus,
> primera entre los dioses, a las ninfas
> y ignotos ríos ruega humildemente.[2]

---

[1] Se trata de la segunda de las novelas publicadas por Lope en *La Circe,* en 1624.
[2] *Eneida*, VII, 135-138.

Advirtiendo primero que no sirvo sin gusto a vuestra merced en esto, sino que es diferente estudio de mi natural inclinación, y más en esta novela, que tengo de ser por fuerza trágico; cosa más adversa a quien tiene, como yo, tan cerca a Júpiter.[3] Pero pues en lo que se hace por el gusto propio se merece menos que en forzalle, oblíguese más vuestra merced al agradecimiento y oiga la poca dicha en una mujer casada en tiempo menos riguroso, pues Dios la puso en estado que no tiene que temer, cuando tuviera condición para tales peligros.

En la opulenta Sevilla, ciudad que no conociera ventaja a la gran Tebas, pues si ella mereció este nombre porque tuvo cien puertas, por una sola de sus muros ha entrado y entra el mayor tesoro que consta por memoria de los hombres haber tenido el mundo, Lisardo, caballero mozo, bien nacido, bien proporcionado, bien entendido y bienquisto, y con todos estos bienes y los que le había dejado un padre que trabajó sin descanso, como si después de muerto hubiera de llevar a la otra vida lo que adquirió en ésta, servía y afectuosamente amaba a Laura, mujer ilustre por su nacimiento, por su dote y por muchos que le dio la naturaleza, que con estudio particular parece que la hizo. Salía Laura las fiestas a misa en compañía de su madre; apeábase de un coche con tan gentil disposición y brío, que no sólo a Lisardo, que la esperaba a la puerta de la iglesia como pobre para pedirle con los ojos alguna piedad de la mucha riqueza de los suyos, pero a cuantos la miraban acaso o con cuidado robaba el alma. Dos años pasó Lisardo

---

[3] Júpiter es el planeta que rige el signo zodiacal de Sagitario, al cual pertenece Lope, nacido el 2 de diciembre.

en esta cobardía amorosa, sin osar a más licencia que hacer los ojos lenguas, y el mirar tierno, intérprete de su corazón y papel de su deseo. Al fin de los cuales, un dichoso día vio salir de su casa algún apercebimiento de comida con alboroto y regocijo de unos esclavos, y preguntando a uno dellos, con quien tenía más conocimiento, la causa, le dijo que iban a una huerta Laura y sus padres, donde habían de estar hasta la noche. Tiénelas hermosísimas Sevilla en las riberas de Guadalquivir, río de oro, no en las arenas, que los antiguos daban a Hermo, Pactolo y Tajo, que pintaba Claudiano:

> No le hartarán con la española arena,
> preciosa tempestad del claro Tajo,
> no las doradas aguas del Pactolo
> rubio, ni aunque agotase todo el Hermo,
> con tanta sed ardía,[4]

sino en que por él entran tantas ricas flotas, llenas de plata y oro del Nuevo Mundo.

Informado Lisardo del sitio, fletó un barco y con dos criados se anticipó a su viaje y ocupó lo más escondido de la huerta. Llegó con sus padres Laura, y pensando que de solos los árboles era vista, en sólo el faldellín,[5] cubierto de oro, y la pretinilla,[6] comenzó a correr por ellos, a la manera que suelen las doncellas el día que el recogimiento de su casa les permite la licencia del campo.

---

[4] *In Rufinum*, I, 101-104.

[5] *Faldellín*: ropa interior que traen las mujeres de la cintura hacia abajo.

[6] *Pretinilla*: cinta o galón asegurado por delante por una hebilla que solía estar guarnecido de piedras preciosas que suelen usar las mujeres en la cintura.

Caerá vuestra merced fácilmente en este traje, que, si no me engaño, la vi en él un día tan descuidada como Laura, pero no menos hermosa. Ya con esto voy seguro que no le desagrade a vuestra merced la novela, porque, como a los letrados llaman ingenios, a los valientes Césares, a los liberales Alejandros y a los señores heroicos, no hay lisonja para las mujeres como llamarlas hermosas; bien es verdad que en las que lo son es menos, pero si no se les dijese, y muchas veces, pensarían que no lo son y deberían más al espejo que a nuestra cortesía.

Lisardo, pues, contemplaba en Laura, y ella se alargó tanto, corriendo por varias sendas, que cerca de donde él estaba la paró un arroyo, que, como dicen los romances, murmuraba o se reía, mayormente aquel principio:

Riyéndose va un arroyo;
sus guijas parecen dientes,
porque vio los pies descalzos
a la primavera alegre.[7]

Y no he dicho esto a vuestra merced sin causa, porque él debió de reírse de ver los de Laura, hermosa primavera entonces, que, convidada del cristal del agua y del bullicio de la arena, que hacía algunas pequeñas islas, pensando detenerla, competían entrambos, se descalzó y los bañó un rato, pareciendo en el arroyo ramo de azucenas en vidro. Fuese Laura, que verdaderamente parece palabra significativa, como cuando decimos: "Aquí fue Troya." Sus padres la recibieron con cuidado, que ya les parecía larga su

[7] Romance anónimo que se atribuye a Lope.

ausencia; así era grande el amor que la tenían, y le sintió el trágico:[8]

> ¡Con cuán estrecho lazo
> de sangre asido tienes,
> naturaleza poderosa, a un padre!

Hiciéronla mil regalos, aunque riña Cremes a Menedemo, que no quería en Terencio que se mostrase amor a los hijos.

Avisó en estos medios un criado de Lisardo a Fenisa, que lo era de Laura, de que estaba allí su dueño. Estos dos se habían mirado con más libertad, como su honor era menos, y la advirtió de que habían venido sin prevención alguna de sustento, porque Lisardo sólo le tenía de los ojos de Laura; que los criados disimulan menos las necesidades de la naturaleza que sufren con tanta prudencia los hombres nobles. Fenisa lo dijo a Laura, que, encendiéndose de honesta vergüenza como pura rosa, se le alteró la sangre, porque de la continuación de los ojos de Lisardo había tenido que sosegar en el alma con la honra, y en el deseo con el entendimiento; y a hurto de su madre le dijo:

—No me digas eso otra vez.

Creyó Fenisa lo severo del rostro, creyó lo lacónico de las palabras. Y advierta vuestra merced que quiere decir lo breve, porque eran muy enemigos los lacedemonios[9] del hablar largo; creo que si alcanzaran esta edad, se cayeran muertos. Visitóme un hidal-

---

[8] *El trágico*, con este sobrenombre se refieren a Séneca, maestro de la tragedia romana.

[9] *Lacedemonios*: habitantes de Lacedemonia o Esparta, famosos por su austeridad y disciplina militar.

go un día, y habiéndome forzado a oír las hazañas de su padre en las Indias más de tres horas, cuando pensé que era su intento que le escribiese algún libro, me pidió limosna.

Fenisa, finalmente, creyó a Laura, que parece principio de relación de comedia; y como sabía su recato, no le volvió a decir cosa ninguna. Pero viendo Laura que era más bien mandada de lo que ella quisiera, le dijo a solas:

—¿Cómo tuvo ese caballero tanto atrevimiento que viniese a esta huerta, sabiendo que no podían faltar de aquí mis padres?

—Como ha dos años que os quiere —respondió Fenisa.

—¿Dos años? —dijo Laura—. ¿Tanto ha que es loco?

—No lo parece Lisardo —replicó la esclava—, porque tal cordura, tal prudencia, tal modestia en tan pocos años, yo no la he visto en hombre.

—¿De qué le conoces tú? —dijo Laura.

—De lo mismo que tú —respondió Fenisa.

—Pues ¿mírate a ti? —prosiguió la enamorada doncella.

—No, señora —replicó la maliciosa esclava—, que a la cuenta vos sola en Sevilla merecéis el desatinado amor con que os adora.

—¿Conque me adora? —dijo riéndose Laura—. ¿Quién te ha enseñado a ti ese lenguaje? ¿No basta que me quiera?

—Bastara a lo menos —replicó Fenisa—, pues vos no correspondéis a tanto amor, siendo igual vuestro, y que fuera tanta dicha de los dos casaros.

—No tengo yo de casarme —dijo Laura—, que quiero ser religiosa.

—No puede ser eso —respondió Fenisa—, porque sois única a vuestros padres y habéis de heredar cinco mil ducados de renta, y vale vuestro dote sesenta, sin más de veinte que vuestra abuela os ha dejado.

—Mira que te aviso —dijo Laura entonces— que no te pase por la imaginación hablarme más en Lisardo. Lisardo hallará quien merezca ese amor que dices, que yo no me inclino a Lisardo, aunque ha dos años que Lisardo me mira.

—Yo lo haré, señora —replicó Fenisa—, pero muchos Lisardos me parecen ésos en tu boca para no tener ninguno en el alma.

Ya se llegaba la hora del comer y ponían las mesas —para que sepa vuestra merced que no es esta novela libro de pastores, sino que han de comer y cenar todas las veces que se ofreciere ocasión,[10] cuando Laura dijo a Fenisa:

—Lástima es, Fenisa, que ese caballero no coma por mi causa.

—¿No decías —respondió la esclava— que no te hablase en él?

—Así es verdad —replicó Laura—, y yo no hablo en él, sino en que coma; haz por tu vida de suerte que nuestro cocinero te dé alguna cosa que le lleves, y dásela a su criado como que es tuya esta memoria.

—Que me place —dijo Fenisa—, para merecer algo, como quien lleva al pobre la limosna que otro da, para que sea tuya la piedad y mía la diligencia.

Hízolo así Fenisa, y tomando un capón y dos perdices, con alguna fruta y pan blanco, de que es tan fértil Sevilla, lo llevó al referido y le dijo:

---

[10] Burla a los libros de caballerías y novelas pastoriles donde los protagonistas nunca comen o duermen.

—Bien lo puede comer Lisardo con gusto, que Laura se lo envía.

Túvole de manera este caballero, agradecidísimo a tanto favor, que ya se desesperaban los criados y se atrevieron a decirle:

—Si así come vuestra merced, ¿qué ha de quedar para nosotros?

—No sois —replicó Lisardo— dignos vosotros de los favores de Laura; tanto, que, si algo queda, se me ha de guardar para la tarde.

Crueldad le habrá parecido a vuestra merced la de Lisardo, aunque no sé si me ha de responder: "No me parece sino hambre". Y cierto que tendrá razón si no sabe lo que come un enamorado favorecido a tales horas. Pero, porque no le tenga vuestra merced por hombre grosero, sepa que les dio dos doblones de a cuatro, que era siglo en que los había, para que fuese el uno a Sevilla por lo que tuviese gusto; lo que ellos no hicieron y, partiendo la moneda, se llegaron hacia la casa de la huerta, donde las criadas los proveían de todo lo necesario.

Algo desto vía Laura con harto gusto suyo; y no se escondiendo a sus padres, quisieron saber quién eran aquellos hombres, que, preguntados, respondieron que músicos. Y deseando alegrar a Laura, dijo el padre que entrasen, de que ellos se holgaron en extremo; y trayendo un instrumento, que claro está que le había de haber en la huerta o traelle las criadas de Laura, que algunas por lo moreno eran inclinadas al baile, con extremadas voces Fabio y Antandro cantaron así:

Entre dos mansos arroyos,
que de blanca nieve el sol

a ruego de un verde valle
en agua los transformó;
mal pagado y bien perdido,
propia de amor condición,
que obliga con los agravios
y con los favores no,
estaba Silvio mirando
del agua el curso veloz,
corrido de que riendo
se burle de su dolor.
Y como por las pizarras
iba dilatando el son,
a los risueños cristales
dijo con llorosa voz:
"*Como no saben de celos*
ni de pasiones de amor,
ríense los arroyuelos
de ver cómo lloro yo.
Si amar las piedras se causa
de sequedad y calor,
bien hace en reírse el agua,
pues por fría nunca amó.
Lo mismo sucede a Filis,
que para el mismo rigor
es de más helada nieve
que los arroyuelos son.
Ellos en la sierra nacen
y ella entre peñas nació,
que sólo para reírse
ablanda su condición.
Al castigo de sus burlas
tan necia venganza doy,
que estos dos arroyos miran
en mis ojos otros dos.
Lágrimas que dan venganza
notables flaquezas son;
mas deben de ser de ira,

que no es posible de amor.
No me pesa a mí de amar
sujeto de tal valor,
que apenas puede a su altura
llegar la imaginación.
Pésame de que ella sepa
que la quiero tanto yo,
porque siempre vive libre
quien tiene satisfación.
Por eso digo a las aguas
que risueñas corren hoy,
trasladando de su risa
las perlas y la ocasión:
Como no saben de celos
ni de pasiones de amor,
ríense los arroyuelos
de ver cómo lloro yo."

Dudosa estaba Laura, mientras cantaban Fabio y Antandro estos versos, si se habían hecho por ella; y aunque en todo convenían con el pensamiento de Lisardo, en quejarse de celos, le pareció que difería mucho de su honestidad y recogimiento, si bien esto no satisfacía a la duda, porque los amantes, sin dárselos, tienen celos, y no han menester ocasión para quejarse, a la traza de los niños, que se suelen enojar de lo que ellos mismos hacen. Pidieron los padres de Laura a Fabio no se cansase tan presto, y él y Antandro, en un tono del único músico Juan Blas de Castro, cantaron así:

Corazón, ¿dónde estuvistes
que tan mala noche me distes?
¿Dónde fuistes, corazón,
que no estuvistes conmigo?
Siendo yo tan vuestro amigo,

¿os vais donde no lo son?
Si aquella dulce ocasión
os ha detenido ansí,
¿qué le dijistes de mí
y de vos qué le dijistes,
que tan mala noche me distes?
A los ojos es hacer,
corazón, alevosía,
pues lo que ellos ven de día,
de noche lo vais a ver.
Ellos me suelen poner
en ocasiones de gloria,
pero vos con la memoria
yo no sé dónde estuvistes,
que tan mala noche me distes.
Corazón, muy libre andáis,
cuando preso me tenéis,
pues os vais cuando queréis,
cuando yo quiero que os vais;
allá vivís y allá estáis;
no parece que sois mío,
si pensáis que yo os envío;
¿qué esperanzas me trujistes,
que tan mala noche me distes?

Ya se quedaban los instrumentos con el eco de las consonancias, aunque, si bien me acuerdo, no era más de uno, cuando Laura preguntó a Fabio quién era el escritor de aquellas letras. Fabio le respondió que un caballero que se llamaba Lisardo, mancebo de veinte y cuatro años, a quien ellos servían.

—Por cierto —dijo Laura— que él tiene muy cuerdo ingenio.

—Sí tiene —dijo Antandro—, y acompañado de linda disposición y talle, pero sobre todo de mucha virtud y recogimiento.

—¿Tiene padres? —dijo el de Laura.

—No, señor —respondió Fabio—; ya murió Alberto de Silva, que vuestra merced habrá conocido en esta ciudad.

—Sí conocí —dijo el viejo—, y era grande amigo mío y de los hombres ricos de esta ciudad; y me acuerdo de ese caballero su hijo, cuando era niño y comenzaba a estudiar gramática, y me alegro que haya salido tan semejante a su padre. ¿No trata de casarse agora?

—Sí trata —dijo Antandro—, y lo desea en extremo, con una hermosa doncella igual a sus merecimientos en dotes naturales y bienes de fortuna.

Con esto los mandó regalar Menandro, que así era el nombre del padre de Laura, y ellos se despidieron, contando entre los árboles a Lisardo todo lo que les había sucedido, que los estaba esperando desesperado.

Laura quedó cuidadosa, llena de solícito temor, que así define el amor Ovidio, porque dio en imaginar que aquella doncella con quien quería casarse Lisardo era otra, y que las finezas eran fingidas, no conociendo que Antandro lo había dicho para que Laura entendiese su deseo: así es temeroso el amor, atribuyendo siempre en su daño hasta su mismo provecho. No pudo alegrarse más, y dando prisa a sus padres con no sentirse buena, se volvieron a Sevilla. Durmió mal aquella noche, y al día siguiente la afligió tanto aquel pensamiento, que se vino a resolver en escribirle. Vuestra merced juzgue si esta dama era cuerda, que yo nunca me he puesto a corregir a quien ama. Borró veinte papeles y dio el peor y el último a Fenisa, que con admiración, que se pudiera llamar espanto, le llevó a Lisardo, que en aquel punto iba a subir a caballo para pasear su calle. Casi fuera de sí oyó el recado de palabra y, llevándola de la mano a un jardín pequeño, que enfrente de la puerta principal de su casa ofrecía a la vista algunos verdes naranjos, la dio muchos abrazos; y recibiendo el papel con más salvas[11] que si trujera veneno, abrió la nema,[12] guardó la cubierta y leyó así:

> Los años que vuestra merced me ha obligado a su conocimiento parece que me fuerzan en cortesía a darle el parabién de su casamiento, que a mis padres contaron sus criados, mayormente siendo tan acertando con dama tan hermosa y rica. Pero suplico a vuestra merced que ella no sepa este atrevimiento mío, que me tendrá por envidiosa, y vuestra merced no ha menester hacer gala de mi cortesía para acreditarse, pues no será esa señora tan humilde, que no picnsc quc lo que ella merece vale por sí mismo esta general estimación de todas.

Con una blanda risa, más en los ojos que en la boca, dobló el papel Lisardo y, por lo que había contado Antandro, conoció el engaño de Laura, o que se había valido de aquella industria para provocarle a desafío de tinta y pluma, que en las de amor es lo mismo que de espada y capa. Llevó a Fenisa a un curioso aposento, bien adornado de escritorios, libros y pinturas, donde le dijo que se entretuviese mientras escribía. Fenisa puso los ojos en un retrato de Laura, que un excelente pintor había hecho al vuelo de sólo verla en misa; y Lisardo escribió, haciendo gala de que fuese aprisa y con donaire, y, cerrado el papel, abrió

---

[11] *Salva*: prueba que se hace de la comida o bebida para asegurar que no hay peligro en ella.
[12] *Nema*: sello de las cartas.

un escritorio y, dando cien escudos a Fenisa, le abrió las entrañas.

Fuese la esclava, y Lisardo volvió a leer el papel otras dos veces; y poniéndole la cubierta encima, le acomodó en una naveta de un escritorio, donde tenía sus joyas porque así le pareció que le engastaba. Llegó Fenisa donde Laura esperaba la respuesta con inquietud notable; diole el papel, contóle el gusto con que la había recibido, el aseo de su aposento, la grandeza de su casa y calló los cien escudos, aunque hizo mal, que también esto obliga a quien ama y desea ser amada; pero peor hubiera sido que confesara la mitad como hacen muchos criados, en ofensa grave de la liberalidad de los amantes. Abrió Laura el papel con menos ceremonias, aunque por ventura con más sentimiento, y leyó así:

> La señora que yo sirvo, y lo es de mi libertad, y con quien deseo casarme, es vuestra merced; y esto mismo dijo Antandro para que en este sentido se entendiese. Con esta satisfacción pudiera vuestra merced tener envidia de sí misma, si yo mereciera lo que dice para honrarme, que no tengo ni tendré otro dueño mientras tuviere vida.

Cuando yo llego a pensar por dónde comienzan dos amantes el proemio[13] de su historia, me parece el amor la obra más excelente de la naturaleza, y en esto no me engaño pues bien sabe toda la filosofía que consiste en él la generación y conservación de todas las cosas, en cuya unión viven, aunque entre la armonía de los cielos, que el aforismo de que todas las cosas se hacen a manera de contienda, eso mismo que les re-

---

[13] *Proemio*: prólogo.

pugna las enlaza, y así se ve que los elementos que son los mayores contrarios simbolizan en algunas cosas y comunican sus calidades. Convienen el fuego y el aire en el calor, porque el fuego le tiene sumo y el aire moderado; el fuego y la tierra en lo seco, el aire y el agua en lo húmido, y el agua y la tierra en lo frío, de cuya conveniencia es fuerza amarse; y a este ejemplo, las demás de la generación y corrupción de la naturaleza. Pero dirá vuestra merced: "¿Qué tienen que ver los elementos y principios de la generación de amor con las calidades elementales?". Más bien sabe vuestra merced que nuestra humana fábrica tiene dellos su origen, y que su armonía y concordancia se sustenta y engrendra deste principio, que, como siente el filósofo, es la primera raíz de todas las pasiones naturales.

Notable edificio, pues, levanta amor en esta primera piedra de un papel que sin prudencia escribió esta doncella a un hombre tan mozo, que no tenía experiencia de otra voluntad desde que había nacido. ¿Quién vio edificio sobre papel firme? ¿Ni qué duración se podrá prometer la precipitada voluntad destos dos amantes, que desde este día se escribieron y hablaron, si bien honestamente, fundados en la esperanza del justo matrimonio? Y tengo por sin duda que si luego pidiera Lisardo a Laura, Menandro lo hubiera tenido a dicha; pero el querer primero cada uno conquistar la voluntad del otro, a lo menos asegurarse della, dio causa a que la dilación trujese varios accidentes, como suele en todas las cosas, donde se acude con la ejecución después del maduro acuerdo, como sintió Salustio.[14]

---

[14] *Salustio*: se refiere a la *Conjuración de Catilina* del historiador romano Cayo Salustio Crispo (86-35 a. C.).

Tenía Lisardo un amigo que desde sus tiernos años lo había sido, igual en calidad y hacienda, llamado Otavio, procedido de ciertos caballeros ginoveses que en aquella ciudad habían vivido y a quien la mar no había correspondido ingrata a lo que en confianza suya habían aventurado. Éste amaba desatinadamente a una cortesana que vivía en la ciudad, tan libre y descompuesta, que por su bizarría y despejo público era conocida de todos. Pasaba el pobre Otavio sus locuras con inmenso trabajo de su espíritu y no pequeño daño de su hacienda, porque a vuelta de cabeza se la cargaba de infinito peso, mayormente si se descuidaba de comprar por instantes lo que le parecía que tenía adquirido. Amor no se conserva sin esto, yo lo confieso; pero en este género de mujeres es la codicia insaciable. Hame acontecido reparar en unas yerbas que tengo en un pequeño huerto, que con la furia del sol de los caniculares se desmayan de forma que, tendidas por la tierra, juzgo por imposible que se levanten, y echándolas agua aquella noche, las hallo por la mañana como pudieran estar en abril después de una amorosa lluvia. Este efecto considero en la tibieza y desmayo del amor de las cortesanas, cuando la plata y oro las despierta y alegra tan velozmente, que el galán que de noche fue aborrecido porque no da, a la mañana es querido porque ha dado.

Olvidada, finalmente, Dorotea, que así se llamaba esta dama, de las obligaciones que tenía a Otavio, puso los ojos en un perulero[15] rico —así se llaman—, hombre de mediana edad, y no de mala

[15] *Perulero*: indiano rico, especialmente el que ha hecho fortuna en Perú.

persona, aseo y entendimiento. A pocos lances conoció Otavio la mudanza y, siguiéndola un día, la vio entrar disfrazada en la casa del indiano referido, donde esperó desatinado a que tomase puerto en la calle de aquella embarcación tan atrevida, y, asiéndola del brazo, la dio, con poco temor del perulero y vergüenza de la vecindad, algunos bofetones. A sus voces y de la criada, que llegando a defenderla partieron la ganancia, salió Fineo, que éste fue su nombre, o lo es agora, y con dos criados suyos le hizo salir de la calle con menos honor que si quedara en ella, pero con más provecho suyo. Corrido Otavio, como era justo (porque al huir, dice Carranza y lo aprueba el gran don Luis Pacheco,[16] no hay satisfacción), dio parte a su amigo Lizardo de su disgusto. Y con los dos criados músicos referidos fueron a esperarle dos o tres noches, porque él no salía sin cuidado de su casa; y la última, que venía de visitar un amigo (¡oh noche, qué de desdichas tienes a tu cuenta!, no en balde te llamó Estacio acomodada a engaños, Séneca horrenda y los poetas hija de la tierra y de las Parcas, que es lo mismo que de la muerte, pues ellas matan y la tierra consume lo que entierra), saliéronle al paso Otavio y Lisardo con los criados, y dándole muchas cuchilladas, se defendió valerosamente con los suyos hasta que cayó muerto, dejando a Otavio herido de una estocada, de que también murió de allí a tres días. Éstos estuvo retraído Lisardo, y queriendo hacer fuerza la justicia en sacarle de la iglesia, le fue forzoso ausentarse, y con grandes lágrimas de Laura y suyas salió de Sevilla, y por

[16] *Carranza y Luis Pacheco*: dos grandes maestros de esgrima de la época.

ser ocasión en que se partía la flota de Nueva España, aconsejado de amigos y deudos, se pasó a las Indias.

Fue tan difícil de remediar este caso, aunque de entrambas partes había dos muertes, que no pudo volver a Sevilla Lisardo cuando pensaba. En triste ausencia quedó Laura con tan notable sentimiento de su partida conocido de sus padres, que con algún advertimiento reparaban en Lisardo y no les pesara de que fuera su yerno; pero habiendo pasado dos años de inmensa tristeza, le propusieron algunos casamientos para sacarla della, de personas ilustres y dignas de su hermosura, calidad y hacienda. Era de suerte lo que Laura sentía que le tratasen desto, que cada vez que lo intentaban, la tenían por muerta; pero habiéndose informado de Fenisa y entendiendo que mientras estuviese en esperanza de casarse con Lisardo no admitiría casamiento alguno, determinó Menandro de fingir una carta que diese nuevas, entre otras relaciones, de que Lisardo se había casado en México, y una aparte para un amigo suyo, que, visitándole, dejase caer al descuido, que, hallada de Laura, decía así:

> En este viaje no tengo que advertiros más de que todo se despacha bien, y mejor lo que vos menos pensábades. Llegó bueno el Virrey y creo que nos habemos de hallar muy bien con él, porque es un gran príncipe, celoso del servicio de Dios y de Su Majestad. Hacedme placer de saber en qué estado están los negocios de Lisardo de Silva en esa ciudad, porque ya son tan propios míos, que le he casado con mi hija Teodora, con mucho gusto de entrambos, porque se querían mucho. Esto me importa notablemente, porque quiere ir Lisardo a España y preten-

> der un hábito en la corte,[17] y yo deseo ver honrada mi casa y que comience su valor en este caballero, a quien, por el que tiene en todo, he dado en dote sesenta mil ducados.

Cómo quedaría Laura con esta carta, echada con tan falso descuido para darle tan verdadero cuidado, no es posible encarecerlo; pobre amante, que cuando estaba solicitando su libertad para verla, se la estaban quitando con tan notable industria. Y no se engañaron, aunque vuestra merced lo sienta, que, pasados algunos días de lágrimas, se consoló, como lo hacen todas, y dijo a sus padres que quería obedecerlos. Los cuales, así como conocieron el efeto de la industria, trataron de darle marido que deshiciese con su presencia fácilmente la voluntad de Lisardo, que no había podido tan larga ausencia.

Había un caballero en la ciudad, no de tan gallarda persona, pero de más juicio, años y opinión constante, rico y lustroso de familia, y codiciado de muchos para yerno, porque traía escrita en la frente la quietud y en las palabras la modestia. Tratóse entre los deudos de la una y otra parte el concierto, y estando a todos con igualdad, no fue difícil de llegar a ejecución con la brevedad que los padres de Laura deseaban.

Casóse Laura, y en esta ocasión dijera un poeta si había asistido Himeneo[18] triste o alegre, y si tenía el hacha viva o muerta, ceremonia de los griegos, como llamar a Talasio[19] de los latinos. Y porque vuestra

---

[17] *Pretender un hábito*: aspirar a entrar en una de las órdenes de caballería más famosas como la de Santiago, Calatrava o Alcántara.

[18] *Himeneo*: es el dios que preside el cortejo nupcial.

[19] *Talasio*: grito parte del ritual matrimonial.

merced no ignore la causa por qué invocaba la gentilidad en las bodas este nombre, sepa que Himeneo fue un mancebo, natural de Atenas, de tan hermoso y delicado rostro, que, con el cuidado de los rizos del cabello, como ahora se usan, era tenido por mujer de muchos. Enamoróse este mancebo ardentísimamente de una hermosa y noble doncella sin esperanza de fin a su deseo, porque en sangre, hacienda y familia era inferior y desigual con diferencia grande. Con esta desconfianza, Himeneo, para sustentar sus ansias siquiera de la amada vista desta doncella, vestíase su mismo hábito; y mezclándose con las demás que la acompañaban, ayudado de los colores de su rostro, en amistad honesta vivía con ella y la seguía a las fiestas y campos, sin osar declararse por no perderla. En este tiempo le sucedió lo que a muchos, que, pensando engañar, lo quedan ellos; porque habiendo salido fuera de la ciudad su dama con otras muchas a los sacrificios de Ceres Eleusina,[20] saltaron de improviso en tierra, y con las demás doncellas le robaron. Ellos, la presa y la nave tomaron puerto cerca; y habiendo repartido a su gusto lo que a cada uno le tocaba, hicieron fiesta sobre la yerba; y, andando Ceres y Baco dando calor a Venus, con el trabajo del remo y descanso del vino se rindieron al sueño. Himeneo, valerosamente gobernado de su ánimo en ocasión tan fuerte (que la hermosura en los hombres no estorba la valentía del corazón, y yo he visto muchos feos cobardes), sacó la espada de la cinta al capitán de los piratas, y uno a uno les cortó las cabezas, embarcó las doncellas y con inmenso trabajo volvió a

[20] *Ceres Eleusina*: en la mitología romana es la diosa de la agricultura.

Atenas. Los padres de las cuales, en remuneración de tanto beneficio, solicitaron al de su dama, y se la dio por mujer, con la cual vivió en paz, sin celos, sin disgusto y con muchos hijos, de donde tomaron ocasión los atenienses de invocarle en sus bodas, como a hombre tan dichoso en ellas, y poco a poco se fue introduciendo el cantarle himnos, como a su protector, de que se hallan tantos en los poetas griegos y latinos, y a recebirse su nombre por las mismas bodas.

No pienso que le habrá sido a vuestra merced gustoso el episodio, en razón de la poca inclinación que tiene al señor Himeneo de los atenienses; pero por lo menos le desvié la imaginación del agravio injusto que hicieron estas bodas al ausente Lisardo y la facilidad con que se persuadió la mal vengada Laura. Aunque por el camino que fue la industria, ¿a qué mujer le quedara esperanza, cuando no quisiera vengarse? Cosa que apetecen enamoradas con desatinada ira, tanto que en viendo cualquiera retrato de mujer, pienso que es la venganza.

Puso Marcelo, que así se llamaba su marido, ilustre casa, hizo un vistoso coche, el mayor deleite de las mujeres. Y en esta parte soy de su parecer, por la dificultad del traje y la gravedad de las personas, y más después que se han subido en un monte de corcho,[21] haciéndose los talles tan largos, que se hincan de rodillas con las puntas de los jubones.[22]

Casóse un hidalgo, amigo mío, de buen gusto, y la noche primera que se había de celebrar el himeneo en griego y la boda en castellano vio a su mujer

---

[21] *Monte de corcho*: se refiere a los elevados tacones de los chapines, especie de zapatos de corcho forrados de piel usados por las mujeres.

[22] *Jubón*: especie de camisa ajustada con faldillas.

apearse de tan altos chapines y quedar tan baja, que le pareció que le habían engañado en la mitad del justo precio. Dijo entonces ella: "¿Qué os parece de mí?" Y él con poco gusto le respondió: "Paréceme que me han dado a vuestra merced como a mohatra,[23] pues he perdido la mitad de una mano a otra". A quien yo consolé con la respuesta de aquel filósofo que, diciéndole un amigo suyo que por qué se había casado con una mujer tan pequeña, respondió: "Del mal lo menos". Mas cierto que todos se engañan, que una mujer virtuosa, o sea grande o pequeña, es honra, gloria y corona de su marido, de que hay tantas alabanzas en las divinas letras. Y ¡ay del enfermo que ellas no curan, el solo que no regalan y el triste que no alegran!

Entre otras cosas que trujo Marcelo a su casa, fue un esclavo, de quien fiaba mucho, alarbe de nación,[24] que en una presa del general de Orán había sido cautivo. Éste tenía cuenta de los caballos del coche y de otros dos en que paseaba, de los Valenzuelas de Córdoba,[25] que también hay linaje de caballos con su nobleza. No se olvide, pues, vuestra merced de Zulema, que así se llamaba, que me importa para adelante que le tenga en la memoria.

Casados vivían en paz, aunque sin señales de hijos, que lo suelen ser del matrimonio, Marcelo y Laura, cuando habiéndose acabado con ruegos y dineros y

---

[23] *Mohatra*: Venta fingida o simulada que se hace cuando se vende teniendo prevenido quien compre aquello mismo a menos precio, o cuando se da a precio muy alto para volverlo a comprar a precio ínfimo, o cuando se da o presta a precio exorbitante.

[24] *Alarbe de nación*: árabe de nacimiento.

[25] *Valenzuelas de Córdoba*: casta de caballos andaluces.

años, que lo vencen todo, el pleito de Lisardo, apareció en Sanlúcar con los galeones de Nueva España; y como de su pensamiento no diese parte a nadie y por coger de improviso a Laura con la alegría de su presencia, ignorante de su casamiento, vino a Sevilla. No le dijeron en casa nada, o ya ocupados en verle, o ya porque pensaron que cosa tan notable para él como estar casada Laura ya la sabría, o por no le recibir con malas nuevas, que suele ser la mayor ignorancia de los deudos y amigos. Con esto, así como estaba, y sólo quitándose las espuelas, se fue a su casa.

Serían las ocho de la noche y vio Lisardo en el patio tan diferente ruido, que se le turbó el corazón y heló la sangre. Y después de un rato preguntó a un criado que ayudaba a poner en su lugar aquel vistoso coche, en que debía de haber venido Laura, quién vivía en aquella casa.

—Aquí vive Menandro —le respondió— y Marcelo, su yerno.

Pasóle el corazón esta palabra, y todo temblando le dijo:

—Pues ¿casó a la señora Laura?

—Sí —replicó el criado con sequedad.

Y se lo pagó Lisardo con muchas lágrimas, que de improviso vinieron a los ojos por ayudar al corazón en tan justo sentimiento. Sentóse en un poyo que estaba junto a la puerta y, no pudiendo hablar, porque le ahogaba el dolor, vertió parte del veneno, con que sintió algún alivio. Levantóse finalmente, porque ya reparaban en él, que la buena disposición lo solicitaba con las galas y plumas del camino, en las cuales fue la primera venganza, porque, haciéndolas pedazos, sembró de ellas la calle, diciendo:

—Éstas y mis esperanzas todo es uno.

De allí pasó a los guantes, y tirándose de una cadena de piezas, la perdió toda.

Bien había hora y media que andaba el afligido mozo por la calle, cuando, habiendo oído algún ruido en una sala, asió las manos a los hierros de su reja y, sin mirar qué hacía, se asomó a uno de los postigos de la ventana, donde vio sentar a la mesa a Laura, a su marido y a sus padres. Aquí perdió el sentido y, cayendo en tierra, estuvo desmayado un rato. Volvió en sí y, trepando segunda vez por los hierros, vio la ostentación de la plata y familia con que se servían, el contento que mostraban y los platos y regalos que Marcelo hacía a Laura tan amorosamente. Reparaba en su rostro, en su vestido y en el buen aire con que cenaba, que el comer aseadamente y con despejo se cuenta entre las cosas a que está obligado un hombre bien nacido, y le parecía que en su vida había visto hombre más hermoso. ¡Oh celos, qué de cosas feas habéis hecho que parezcan lo contrario! Allí se extendía la imaginación a cosas terribles de sufrir; y, entre todas, a creer que Laura estaría enamorada de Marcelo, como era razón y como a él le parecía que era forzoso merecerlo. Suspiraba Lisardo, deseando que le oyese Laura. ¡Qué locura! Mas ¿quién tuviera prudencia en tal desdicha? Acabóse la cena de Marcelo y la paciencia de Lisardo a un mismo tiempo. Ellos se recogieron después de un rato de conversación, y él se quedó con todas sus esperanzas en la calle.

La pena de su casa era forzosa; y así, salieron a buscarle por varias partes, sin que dejasen amigo donde no fuesen. Acordóse Antandro de los pensamientos de Laura, partió a su casa y halló en su calle a su señor poco menos que loco y algo más que desdichado; quitóle, después de muchas razones y conveniencias, del puesto que había tomado, como soldado de amor, hasta el cuarto del alba; trújole a su casa con buenos consejos, y haciéndole acostar, no durmieron entrambos, porque en contarle lo que había visto y lamentarse de Laura llegó el día. Rogó a Antandro que fuese en casa de Menandro y procurase ser visto de Fenisa; lo cual sucedió tan bien, que apenas le vio la esclava, cuando, puesto su manto y aquel sombrero que con tanta bizarría se ponen las sevillanas, salió a buscarle. No habían los dos traspuesto la calle, cuando Fenisa le dio muchos abrazos; y preguntándole por Lisardo, llegó el esclavo Zulema referido, y ella interrumpió la plática y se volvió a su casa. Reparó el esclavo en el forastero y, algo celoso de Fenisa, quiso seguirle; pero Antandro le burló en una de las muchas calles estrechas de aquella ciudad y dio cuenta a Lisardo de que ya Laura sabría que él estaba en Sevilla.

Con aquella ocasión, el tierno amante tomó la pluma y, escribiendo un papel, le dijo a Antandro que le llevase y, si pudiese dársele a Fenisa, le prometiese grandes intereses y regalos por la fe y confianza deste secreto. Sucedió así; y Laura, que ya sabía que había venido, con poca alteración y mucha curiosidad le abrió severa y leyó así:

> Anoche llegué a Sevilla a vivir en tu vista, de tanta muerte como he padecido en tu ausencia, y cumplir la palabra que te había dado de ser tu marido. La primera cosa que supe fue que le tenías; y la segunda, verle, con tanto dolor mío, que sólo pudo impedir el matarme saber que hay alma. Cruelmente has procedido con mi inocencia; no eran ésas las palabras en mi partida a México, acreditadas de tantas lágrimas; pero eres mujer, último consuelo de los

hombres. Mas para que veas la diferencia que mi amor hizo al tuyo, mientras dispongo de mi hacienda, viviré en Sevilla, y luego me cubrirá un pobre hábito, que quiero fiar del cielo mi remedio, porque en la tierra no le espero de nadie.

Sin alteración dije que abrió el papel Laura, pero no le volvió a cerrar sin mucha; y dudosa de que podría mentir Lisardo, como suelen muchos cuando la prueba de sus mentiras tiene ultramarino el término, abrió un escritorio, donde tenía la carta fingida de su padre, más acaso que con cuidado, y había querido rasgar siempre que la vía y, poniéndose una cubierta, se la envió a Lisardo. Alguna alegría le causó entonces ver papel suyo; pero cuando desconoció la letra y vio la firma fingida de un mercader que él había conocido en México, leyó la carta y, con un suspiro, en voz triste dijo:

—Éste me ha muerto.

Pasó aquel día y, haciendo que le cortasen de vestir de luto, al siguiente salió por la ciudad tan desconocido, que daba ocasión a todos de preguntalle la causa, para la cual no le faltaba industria. Con esto volvió a escribirla, diciendo así:

Invención de mi fortuna fue esta carta para quitarme todo mi bien, y aunque parece bastante disculpa, no la puede haber de no haber venido acompañada de una letra sola, que desprecios de lo que se ha querido no dan honra a quien aborrece, ni con ella cortó jamás la espada de los nobles en los que están rendidos. Yo partí de Sevilla por fuerza, navegué sin vida, llegué a México sin alma, viví muerto, guardé lealtad invencible, volví con esperanza, hallé mi muerte y para todo he hallado consuelo en el engaño desta

> carta; mas para tanto desprecio será imposible, que tenerme en poco, aunque sea sobra de contento en el nuevo estado, es falta de discreción en la cortesía.

A este papel respondió Laura el que se sigue:

> Lo que pareciera liviandad en mi honor no ha sido descortesía al vuestro; pero cuando la hubiera usado, bien la merece un hombre que niega haberse casado en Indias, pues el luto que trae muestra bien que, porque ha enviudado, quiere que yo crea que no se casó y que es verdadera esa carta.

Aquí pensó rematar el juicio Lisardo, viendo que el luto que se había puesto para obligarla con el sentimiento le había resultado en mayor daño. Quitósele el mismo día y, siéndolo de fiesta, se vistió las mejores y más ricas galas que tenía y con extremadas joyas se fue a San Pablo, donde Laura vino a misa y le vio en hábito tan diferente, que se certificó que el luto era fineza y la carta mentira. Con esto y la solicitud de Lisardo comenzó amor a revolver las cenizas del pasado fuego, donde, como suelen algunas centellas, se descubrían algunas memorias. Fenisa terciaba, obligada de dineros y vestidos, Laura miraba amorosa, Lisardo se atrevía y con esperanzas de algún favor volvió presto en sí y estaba en extremo gentilhombre. Marcelo reparaba poco en las bizarrías de Laura, pareciéndole no estrechar los pocos años a más grave estilo de recogimiento; con esto, al paso de su descuido, crecía el cuidado de los dos y, a vueltas, el atrevimiento. Ya los papeles eran estafeta ordinaria y se iba disponiendo el deseo a poco honestos fines; que Marcelo no era amoroso ni había estudiado el arte de agradar, como algunos que piensan que no importa y que todo se debe al nombre, no considerando que el casado ha de servir dos plazas, la de marido y la de galán, para cumplir con su obligación y tener segura la campaña.

Paréceme que dice vuestra merced: "¡Oh, lo que os deben las mujeres!" Pues le prometo que aquí me lleva más la razón que la inclinación, y que, si tuviera poder, instituyera una cátedra de casamiento, donde aprendieran los que lo habían de ser desde muchachos, y que, como suelen decir los padres unos a otros: "Este niño estudia para religioso", "éste para clérigo", etc., dijeran también: "Este muchacho estudia para casado." Y no que venga un ignorante a pensar que aquella mujer es de otra pasta porque es casada, y que no ha menester servirla ni regalarla porque es suya por escritura, como si lo fuese de venta, y que tiene privilegio de la venganza para traerla mil mujeres a los ojos, sin reparar, como sería justo, en que ha puesto en sus manos todo lo mejor que tiene después del alma, como es la honra, la vida, la quietud, y aun con ella, que muchos la habrán perdido por esta causa. Diga ahora vuestra merced, suplícoselo, que si es esta novela sermonario. No, señora, responderé yo, por cierto, que yo no los estudio en romance, como ya se usa en el mundo, sino que esto me hallé naturalmente, y siempre me pareció justo.

Consolado estaba Lisardo de haber perdido a Laura, pareciéndole que no era perderla estar tan cerca de la posesión que tantos años de pena le había costado, que como los deseos de amor de una y de otra manera tienen un mismo fin, aunque sea por breve hurto y con peligro del deshonor ajeno y daño proprio, se buscan y solicitan. Lisardo, favorecido, amaba; Laura, libre y olvidada de lo que se debía a sí misma, no advertía qué fin suelen tener iguales atrevimientos. Antandro era el secretario, Fenisa el paraninfo;[26] en la iglesia se miraban, en la calle se hacían amorosas cortesías y en el campo se hablaban, y algunas veces por las rejas, mientras Marcelo dormía, y otras, que estaba más advertido, Fabio y su amigo en el mayor silencio de la noche cantaban así:

Belisa de mi alma,
de cuyos ojos bellos
el mismo sol aprende
a dar su luz al suelo;
Belisa más hermosa
que en el cielo sereno,
al alba, y a la tarde,
el cándido lucero,
que ya por este valle,
de hoy más le llamaremos
la estrella de Belisa,
como hasta aquí de Venus;
dejando tu hermosura,
si yo dejarla puedo,
y celebrando solo
tu raro entendimiento,
¿quién no dirá, señora,
que cuidadoso el cielo
puso por alma un ángel
en tu divino cuerpo?
Gloriosa está la mía
de tenerte por dueño,
si bien las esperanzas
me tienen vivo y muerto.
Vivo, porque me animan

[26] *Paraninfo*: en sentido estricto quiere decir padrino de las bodas.

al fin donde no llego;
y muerto en ellas mismas,
porque esperando muero.
Todos, Belisa mía,
se quejan que por ellos
el tiempo aprisa pasa,
sin poder detenerlo;
y yo, de que camina
tan de espacio me quejo;
que pienso que se para
en mis años el tiempo.
A muchos que han amado
dio Tántalo su ejemplo;
mas como a mí ninguno
con tan alto deseo.
Lo que me dan me falta,
no tengo el bien que tengo,
viniendo a ser mis obras
mentales pensamientos.
Usa mi amor agora
de los antojos nuevos,
cerca para los ojos,
para los brazos lejos.
Belisa, pues naciste
tesoro de los cielos,
¿quién para mí te hizo
de sueño lisonjero?
Pues cuando más segura
pienso que te poseo,
despierto y no te hallo,
que eres verdad y sueño.
Contigo, dueño mío,
nació mi amor primero,
contigo se ha criado,
contigo fue creciendo.
Aciertan los que juzgan
que es mi pecho pequeño

para un amor tan grande,
mas no para tu pecho.
Y llaman esperanzas
los males que padezco;
pidiendo posesiones,
levántanme que espero.
En deseos aprisa
esperanzas de asiento
es muerte dilatada,
no habiendo mar en medio.
¡Qué pocas que me dieran,
si padecieran ellos!
Mas si años hacen penas,
¿qué amante fue más viejo?
Perdona si te canso,
que mientras no te tengo,
no puedo amarte más
ni desearte menos.

Así pasaba Lisardo sus esperanzas, unas veces alegre y otras triste; y Laura, con papeles y favores, unas veces le divertía y otras le aseguraba; cuyas dudas y deseos le significó un día en estos versos:

Pensamiento, no penséis
que estoy de vos agraviado,
pues me dejáis obligado
con el daño que me hacéis;
antes pienso que tenéis
queja de mí con razón,
porque he puesto en condición
de quien sabéis la mudanza;
que no merece esperanza
quien no piensa en posesión.
Nunca vos y yo pensamos,
aunque vos sois pensamiento,
vernos en tan alto intento,

que los dos nos envidiamos;
pues si contentos estamos,
vos del lugar en que estáis
y yo de que le tengáis,
no sufráis que culpa os den
de que no estimáis el bien,
pues que nunca al bien llegáis.
Este imposible forzoso
de alguna noble desdicha
hace dilatar la dicha
al que puede ser dichoso;
de confuso y temeroso,
que no lo digáis consiento,
que en mi grave sentimiento,
lo que sabemos los dos,
no lo fiara de vos,
a no ser mi pensamiento.
Quiero, y no puedo alargarme
a ejecutar lo que quiero;
espero lo que no espero,
por ver si puedo engañarme;
sin saber determinarme,
ya determinado estoy;
a quien me niego me doy,
y en este mortal disgusto
soy Tántalo de mi gusto
y el mismo imposible soy.
Fuerte linaje de mal
es huir el rostro al bien,
quien llega a que se le den
con mérito desigual;
en congoja tan mortal
lo mismo que dudo creo;
y en tal estado me veo,
sin poderme remediar,
que aun no puedo desear
eso mismo que deseo.

Vos, hermoso dueño mío,
recibid, pues vuestro soy,
del imposible en que estoy,
la satisfacción que envío;
contra mis dichas porfío
entre atrevimiento y miedo,
pero en laberinto quedo,
donde tengo de morir,
pues cuando voy a salir,
pruebo a salir y no puedo.

En estos últimos versos anduvo menos cortesano Lisardo que en los demás que habló con su pensamiento, pues confesaba que había hecho diligencias para salir, si no se ha de entender con lo que dijo Séneca, que el amor tenía fácil la entrada y difícil la salida. No sé qué disculpa halle a este caballero, habiendo sido opinión del mayor filósofo[27] que amor ni lo es para ese fin ni sin él; cosa que me holgara de preguntársela, si viviera agora, aunque fuera desde aquí a Grecia, porque parece que implican contradicción esas dos sentencias; si no es que quiere decir que puede haber amor verdadero con deseo de unión y sin él. Vuestra merced juzgue cuál destos dos tiene ahora en el pensamiento, y perdone a los pocos años de Lisardo el no platonizar con la señora Laura.

Finalmente, de línea en línea se acercó Lisardo a la última de las cinco[28] que Terencio le puso en el Andria, en cuya final proposición Laura le escribió así:

---

[27] *Mayor filósofo*: en este caso el término se aplica a Platón.

[28] *Las líneas del amor*: cada "línea" es una étapa del proceso amoroso. De línea en línea quiere decir paso a paso. De ellas hablan Ovidio y Horacio y se refieren al proceso gradual del amor: ver, hablar, tocar, besar y copular.

Si fuera vuestro amor verdadero, él se contentara, Lisardo mío, del estado en que vuestra venida de las Indias halló mi honra, pues bien sabéis que me casé engañada, que os esperé firme y que os lloré casado. No sé cómo queréis que pueda atropellar por la obligación de mis padres, el honor de mi marido y el peligro de mi fama, cosas tan graves, que por cualquiera dellas conozco que queréis más vuestro gusto solo que a todas juntas. Mis padres son bien nacidos, mi marido me tiene obligada con su amor y con sus regalos, mi fama es la mayor joya de mi persona, ¿qué haré si todo lo pierdo por vuestra liviandad? ¿Cómo cobrarán mis padres su autoridad, mi marido su opinión y yo mi nombre? Contentaos, señor mío, con que os amo más que a mis padres, que a mi dueño y que a mí misma, sin que me respondáis que, si fuera ansí, todo lo aventurara por vos. Yo confieso que mirado de presto parece verdad, pero considerado es mentira. Porque podré yo replicaros que si vos no aventuráis por mí cosa que vos podéis vencer con sólo que queráis, ¿cómo queréis que yo por vos aventure lo que no puedo cobrar si una vez lo pierdo por vos? Mirad cuál hará más en esta turbada confusión de nuestro amor: yo, que sufro lo mismo que vos y soy mujer, o vos, que me queréis perder por no sufriros a vos. Quisiera traeros ejemplos de algunas desdichas, pero conozco vuestra condición y sé que habéis de pasar por los renglones desta materia como quien topa enemigo en la calle, que hace que no le ve hasta que sale della. Mas pluguiera a amor que no tuviera esto más inconveniente que perder la vida, que vos viérades que no es el mío tan cobarde que no la aventurara por vos, y me fuera la muerte dulce y agradable. Reciba yo este favor de vos, que con el entendimiento consultéis este papel y no con la voluntad; que ella os templará el deseo y durará nuestro amor, que con lo que vos queréis corre peligro de acabarse.

Cuando Lisardo estaba por instantes deseando la ejecución de su deseo y el puerto de su esperanza, de que tenía celajes en las cosas que suelen prevenirle, pensó acabar la vida; lloró, que amor es niño, y, como los que lo son arrojan lo que les dan, si no es todo lo que piden, trató el papel sin respeto y dijo a las letras que solía venerar algunas necias injurias. Últimamente puso la pluma en el papel y escribió así:

> Mi amor es verdadero, más sin comparación que el de vuestra merced; y, si mi deseo le desacredita, no he tenido yo la culpa, sino quien le ha llevado de la mano a ser tan loco, desdicha que se pudiera haber excusado entre los dos: vuestra merced favoreciéndome y yo engañándome. Sus padres de vuestra merced, su dueño y su fama pongo en los ojos con toda la veneración que debo, y del poco respeto que hasta aquí los he tenido pido perdón, con protestación de tanta enmienda, que venza mi recato por infinita distancia la libertad de mis pasados pensamientos. Y suplico a vuestra merced también se tenga por servida con ellos de perdonarme la parte que le alcanza desta ofensa, que, como la comencé a querer en fe de marido, no era mucho que se continuase aquel deseo por tan honesto fin; si bien conozco que fue criarle con veneno, y que es tan poderosa esta costumbre, que no pudiendo, como no puedo, olvidar a vuestra merced, será fuerza ausentarme. Mañana partiré a la Corte a mis pretensiones, que la que los dos tratábamos tuvo suspensas, donde, o se me olvidará con su variedad este desatinado pensamiento, o me dejará presto de cansar tan enojosa vida.

Muchas lágrimas costó a Laura este papel y, pensando que Lisardo no hiciera lo que a ella le pareció que no podía, descuidóse de remediarlo. Aguardó el desesperado mozo dos días, al fin de los cuales salió de Sevilla con Antandro y Fabio, pasando en postas por la calle de Laura, que al ruido de la corneta y al rebato del alma, dejando la labor, se puso a una reja, donde estuvo sin color hasta que le perdió de vista.

Lisardo llegó a la Corte con tan poco ánimo que desde cualquier lugar que llegaban decía que se volviesen. Entretuvo los primeros días en ver el Palacio, sus consejos, sus pleiteantes, sus pretendientes, el Prado, eterna procesión de coches; el río de juego de manos, que le ven y no le ven y ya está en una parte y ya en otra; los caballeros, los señores, las damas, los trajes y la variedad de figuras que de todas las partes de España, donde no caben, hallan en ella albergue. Después comenzó con más conocimiento a continuar visitas, que le pudieran haber divertido si duraran, por más que fuera la hermosura y discreción de Laura; tales ganados crían los prados de la Corte. Pero cuando más desconfiado estaba y creía que todo el amor de Laura había sido engaño, le dieron una carta suya, que decía así:

> ¿De suerte, señor mío, que en este interés se fundaba vuestro amor, y que me queríades tan mal que sabiendo que vuestra ausencia me había de matar os fuiste, y cuando menos a la Corte? Acertado remedio, como quien sabía que estaba en ella el río del olvido, donde dicen que se quedan tantos que no vuelven a sus patrias eternamente. No os quiero decir las lágrimas que me costáis y de la manera que me tenéis, pues los que me ven no me conocen, aunque solos son los de mi casa, de donde no he salido. Yo me voy acabando, si alguna de las muchas ocasiones de ese mar de hermosuras, galas y enten-

dimientos no os tiene asido por el alma, que ya sé que sois tierno, venid antes que me costéis la vida, que ya estoy determinada a vuestra voluntad, sin reparar en padres, en dueño, en honra, que todo es poco para perder por vos.

Realmente, señora Marcia, que cuando llego a esta carta y resolución de Laura, me falta aliento para proseguir lo que queda. ¡Oh imprudente mujer! ¡Oh mujer! Pero paréceme que me podrían decir lo que el ahorcado dijo en la escalera al que le ayudaba a morir y sudaba mucho: "Pues, padre, no sudo yo, ¿y suda vuestra paternidad?". Si a Laura no se le da nada del deshonor y del peligro, ¿para qué se fatiga el que sólo tiene obligación de contar lo que pasó? Que, aunque parece novela, debe de ser historia.

Poco menos que loco partió Lisardo de Madrid el mismo día, comprando a sus criados bizarros vestidos de aquella calle milagrosa donde sin tomar medida visten a tantos, y para Laura dos joyas de a mil escudos. Porque aunque sea la mujer más rica del mundo, agradece lo que le dan y más después de ausencia. Las locuras del camino es imposible referirlas, siendo iguales a las dichas y ellas a los deseos. Llegó a Sevilla. Caso extraño, que al siguiente día con una larga visita cumplió Laura su palabra. No hizo fin el amor, como suele en muchos, antes bien se fue aumentando con el trato y el trato llegó a más libertad de lo que fuera para conservarse justo; que aquello mismo que a los amantes les parece dicha, las más veces resulta en su perdición y cuando menos en dividirse.

Había muerto en estos medios Rosela, tía de Lisardo, viuda, y fuele fuerza traer a su casa a Leonarda, sobrina suya, moza de trece a catorce años de linda cara y talle. A pocos días que estuvo en ella, se enamoró Antandro tan desatinadamente desta doncella que vinieron a ser públicos sus atrevimientos a las demás criadas de Lisardo, y entre ellos hubo quien le dio aviso de lo que pasaba con temor de alguna desgracia de las que suelen suceder en la primera ignorancia de las mujeres. ¡Por qué extraños modos camina la fortuna adversa a sus desdichas!

Sintió tanto Lisardo este atrevimiento de Antandro, que, habiéndole reñido y él respondido a su justo enojo con injusto atrevimiento, asió una alabarda que a la cabecera de la cama tenía y, volviendo el asta, le dio de palos, haciéndole una herida en la cabeza que le duró un mes de cama y otro de convalescencia.

Hiciéronse las paces, que nunca se hicieran, y volvió Lisardo a fiar su secreto con necia confianza de Antandro, que, habiéndole dejado un día escondido en casa de Laura, como otras veces solía estarlo, llamó a Marcelo, y en el pórtico de una iglesia le dijo que Lisardo le quitaba la honra, refiriéndole muy de espacio lo que tan bien sabía desde el infeliz principio destos amores; y que para que creyese que no le engañaba por algún interés o venganza de algún enemigo suyo, fuese a su casa, que le hallaría escondido en ella, y en un aposento junto al jardín, donde se guardaban las esteras del invierno y algunos instrumentos de cultivarle.

Marcelo en grande rato no pudo responderle, y, habiendo prevenido la prudencia de que era dotado para ocasión tan grande, le dijo:

—Venid conmigo, que quiero que seáis el primero, como en el decírmelo, en ver que lo he vengado.

Fuese Antandro con Marcelo y dejóle en el portal de su casa, entrando, como dueño della, solo al aposento referido, donde detrás de una estera halló a Lisardo, a quien dijo estas palabras:

—Mozo desatinado, aunque merecéis la muerte, no os la doy, porque no quiero creer que Laura me haya ofendido, sino que vuestros atrevimientos locos os han puesto aquí.

Lisardo, todo turbado, ayudó estas palabras con grandes seguridades y juramentos. Todos fingió Marcelo que los creía y, llevándole al jardín, abrió una puerta falsa que estaba entre unas yedras y le puso en la calle, que apenas vía el turbado mozo, desde la cual se fue a su casa, combatido de tantos pensamientos y determinando tantas cosas sin resolver ninguna, que de cansado se dejó caer en la cama, deseando la muerte.

Salió Marcelo luego que despachó a Lisardo y dijo a Antandro:

—Vos alguna afrenta habéis recibido deste caballero, porque él no está donde decís ni en toda mi casa, y advertid que no os castigo como merecéis porque os considero tal que la justicia pública lo hará por mí. ¿Quién os dijo que ese hombre entraba a ofenderme?

—Señor —respondió Antandro turbado—, una esclava vuestra que se llama Fenisa.

—Pues id con Dios a vuestros negocios, que no sabéis la casa que disfamáis ni la mujer que yo tengo, tan indigna destos bajos pensamientos.

Con esto se despidió Antandro turbado y no osó volver en duda en casa de Lisardo, antes bien procuró esconderse por algunos días.

Marcelo, que de la virtud de Laura tenía diferente información en su pensamiento, dudoso entre la confianza y el dolor y afligido entre la opinión y la verdad, se tuvo valientemente con el desengaño hasta hallar ocasión para satisfacerse. A nadie que tenga honor se le ofrezca tan duro campo de batalla.

—¡Oh traidora Laura! —decía—. ¿Es posible que en tanta hermosura y perfección cupo tan deshonesto vicio, que tus compuestas palabras y honesto rostro cubrían un alma de tan infame correspondencia? ¿Tú, Laura, traidora al cielo, a tus padres, a mí y a tus obligaciones? Mas ¿qué lo dudo, habiendo visto con mis ojos y tocado con mis manos el fiero cómplice de tu delito? ¿Cómo puedo yo dudar que aun este sagrado no dejó tu mala fortuna a mi confianza, ni la fiera condición de mi desdicha a las obligaciones de la honra con que nací? Yo lo he visto, Laura; no puedo dudar lo que vi, ni hay por donde pueda mi amor escapar mi agravio, aunque con las injurias ajenas le reboce el rostro. ¡Triste de mí!, que más haré en solicitar tu muerte que tú en perder la vida, porque la he de quitar a lo que más estimo, en tanto grado, que padezco más en sola esta imaginación que tú en el dolor, con ser de todos el último.

Así hablaba Marcelo entre sí mismo, forzando al rostro a la fingida alegría en tan inmensa causa de tristeza. Dio en regalar a Laura, como quien se despedía de la víctima para el sacrificio de su honra; y para justificarle, en estando ella fuera, con llaves contrahechas, hizo visita general de sus escritorios. Halló un retrato de Lisardo, algunos papeles, cintas, niñerías, que amor llama favores, y las dos joyas. Los amantes que esto guardan donde hay peligro, ¿qué esperan, señora Marcia? Pues en llegando a papeles, ¡oh papeles, cuánto mal habéis hecho! ¿Quién no tiembla de escribir una carta? ¿Quién no la lee muchas veces antes de poner la firma? Dos cosas hacen los hombres de gran peligro sin considerarlas: escribir una carta y llevar a su casa un amigo. Que destas dos han surtido a la vida y a la honra desdichados efetos.

Ya sabía Laura todo el suceso y, como vía tan alegre a Marcelo, parecíale algunas veces que era de aquellos hombres que con benigna paciencia toleran los defetos de las mujeres propias; y otras, que tener tanta era para aguardar ocasión en que cogerlos juntos, de que a su parecer de entrambos supieron guardarse, aunque Marcelo no quería juzgar de los agravios por venir, que tenía ya dada la sentencia en los pasados.

Con estos pensamientos procuró muchas veces poner odio entre aquel esclavo y Laura, diciéndole a ella que deseaba deshacerse dél, porque le habían dicho que la aborrecía y que mil veces había estado determinado de matarle, porque no había de tener él en su casa quien no la adorase y sirviese. Laura, en esta parte inocente, dio en tratar mal a Zulema de obra y de palabra, haciéndole castigar en público, de que Marcelo se holgaba notablemente. Y esto llegó a extremo que ya la casa toda, y aun los vecinos, sabían que no había cosa que tanto aborreciese el esclavo como su ama.

Laura se daba a entender que debía de ser el dueño de la traición de Antandro y con esto deseaba su muerte y la solicitaba por puntos, sin osar pedir a Marcelo que le vendiese porque fuera de casa no la deshonrase.

Cuando ya le pareció a Marcelo que este aborrecimiento era bastante público, llamó a Zulema y, encerrándose con él en un aposento secreto, después de largos prólogos, le incitó a matar a Laura y le dio en una bolsa trescientos escudos.

Zulema, al fin bárbaro, airado contra su ama y favorecido de Marcelo, que asimismo le ofrecía un caballo para que se huyese hasta la costa, donde esperase las galeotas de Argel, que la corrían de ordinario desde los Alfaques[29] a Cartagena, en llegando la ocasión, entró con rostro feroz y ánimo determinado y, llegando al estrado de Laura, la dio tres puñaladas, de que cayó sobre las almohadas con tristes voces. A las que daban las criadas, entró Marcelo, que, cuidadoso, esperaba el suceso, y con la misma daga que le quitó de las manos, le dio tantas, ayudado asimismo de Fabio y de los demás criados, que, sin que pudiese decir quién le había mandado matar a Laura, rindió el feroz espíritu.

Acudieron a este miserable caso los vecinos, los deudos, la justicia y sus padres, y entre las lágrimas de todos eran las de Marcelo más lastimosas, y por ventura más verdaderas.

El esclavo fue entregado a los muchachos, brazo poderoso y inexorable en tales ocasiones, que, llevándole al campo, después de arrastrado por muchas calles, le cubrieron de piedras.

—¡Ay —decía el desdichado viejo padre de Laura, teniéndola en brazos—, hija mía y solo consuelo de mi vejez! ¿Quién pensara que os esperaba tan triste fin y que vuestra hermosura se viera manchada de vuestra misma sangre por las manos de un bárbaro, parto de la tierra más infeliz del mundo? ¡Oh muerte! ¿Para qué reservaste mi vida en tanta edad, o por qué quieres matar tan débil sujeto con veneno tan poderoso? ¡Ay, quién no hubiera vivido para no morir con el cuchillo de su misma sangre!

---

[29] *Alfaques*: puerto muy distante de Sevilla en la desembocadura del Ebro (Tarragona).

Lisardo, que tuvo presto las nuevas desta aventura, desatinado, vino en casa de Laura y, mezclado entre la confusión de la gente, vio tendida su hermosura en aquel estrado, como suele, a la tarde, vencida del ardor del sol, la fresca rosa. Allí todos tenían licencia para lágrimas; las suyas eran de suerte que conocía bien Marcelo en qué parte le dolía aquel sangriento accidente de su fortuna.

Despejóse la casa y, retirado Lisardo a la suya, no salió en cuatro meses della ni le vieron hablar con nadie fuera de su familia; todo era suspiros, todo era lágrimas, de las cuales parecía que vivía más que del común sustento.

Entretanto, Marcelo despachó con un veneno a Fenisa, sin que de ninguna persona fuese entendida la causa de su violenta muerte; y tuvo tanta solicitud en buscar a Antandro que, habiendo sabido dónde posaba, le aguardó una noche y, llamando a su puerta, le metió por las espaldas dos balas de una pistola.

Sólo faltaba de su castigo al cumplimiento de su venganza el mísero Lisardo, cuya tristeza le tenía tan recogido que era imposible satisfacerla. Bien pudiera contentarse la honra deste caballero con tres vidas, y si era mancha por las leyes del mundo, ¿qué más bien lavada que con tanta sangre?

Pues, señora Marcia, aunque las leyes por el justo dolor permiten esta licencia a los maridos, no es ejemplo que nadie debe imitar, aunque aquí se escriba para que lo sea a las mujeres que con desordenado apetito aventuran la vida y la honra a tan breve deleite, en grave ofensa de Dios, de sus padres, de sus esposos y de su fama. Y he sido de parecer siempre que no se lava bien la mancha de la honra del agraviado con la sangre del que le ofendió, porque lo que fue no puede dejar de ser y desatino creer que se quita, porque se mate al ofensor, la ofensa del ofendido. Lo que hay en esto es que el agraviado se queda con su agravio y el otro, muerto, satisfaciendo los deseos de la venganza, pero no las calidades de la honra, que para ser perfecta no ha de ser ofendida. ¿Quién duda que está ya la objeción a este argumento dando voces? Pues, aunque tácita, respondo que no se ha de sufrir ni castigar. Pues ¿qué medio se ha de tener? El que un hombre tiene cuando le ha sucedido otro cualquiera género de desdicha: perder la patria, vivir fuera della donde no le conozcan y ofrecer a Dios aquella pena, acordándose que le pudiera haber sucedido lo mismo si en alguno de los agravios que ha hecho a otros le hubieran castigado. Que querer que los que agravió le sufran a él y él no sufrir a nadie, no está puesto en razón; digo sufrir, dejar de matar violentamente, pues por sólo quitarle a él la honra, que es una vanidad del mundo, quiere él quitarles a Dios, si se les pierde el alma.

Finalmente, pasaron dos años deste suceso, al cabo de los cuales Lisardo, consolado, que el tiempo puede mucho, salía en los calores de un ardiente verano a bañarse al río. Súpolo Marcelo, que siempre le seguía, y, desnudándose, una noche fue nadando hacia donde él estaba y le asió tan fuertemente que con la turbación y el agua perdió el sentido y quedó ahogado, donde con gran dolor de toda la ciudad le descubrió la mañana en las riberas del río.

Ésta fue la prudente venganza, si alguna puede tener este nombre, no escrita, como he dicho, para ejemplo de los agraviados, sino para escarmiento de los que agravian, y porque se vea cuán verdadero salió el adagio de que los ofendidos escriben en mármol y en agua los que ofenden, pues Marcelo tenía en el corazón la ofensa, mármol en dureza, dos largos años, y Lisardo tan escrita en el agua, que murió en ella.

Francisco de Quevedo

El alguacil endemoniado

Introducción

En 1627 aparecen en Barcelona, en la casa de Juan Sapera, los *Sueños y discursos* de Francisco de Quevedo, los cuales tienen una acogida extraordinaria llegando a hacerse cinco ediciones ese mismo año. Los *Sueños* (1605-1622) son cinco piczas cortas conceptistas, producto, según algunos críticos, de los desengaños que padeció Quevedo en esos años, en las que viene a decir que no hay nobleza ni verdad en el mundo sino que todo es horror y fealdad. Estas obras ya habían circulado en forma manuscrita hasta que un editor las reunió en la citada edición de 1627. Quevedo las publicó en 1631 con el título de *Juguetes de la niñez y travesuras del ingenio* con un prólogo en el que arremetía contra los editores piratas y declaraba la intención de estos escritos en los que pretendía denunciar los "abusos, vicios y engaños de todos los oficios y estados del mundo".

Componen esta obra *El sueño del Juicio Final*, *El alguacil endemoniado*, *Sueño del infierno*, *El mundo por dentro* y *Sueño de la muerte*.

Quevedo, muy probablemente, escribió *El alguacil endemoniado* (intitulado desde la edición de

1631 *El alguacil alguacilado*) entre 1605 y 1608. Es el único de los *Discursos* que tiene una línea realista en la cual se enfrentan la curiosidad, el espíritu del mal y la hipocresía clerical en un discurso burlesco cargado de ironía. Los personajes de esta narración son el autor, el licenciado y el alguacil endemoniado, aunque es el Diablo el que habla por este personaje. A través de ellos y con un lenguaje rico de contrastes y oposiciones, dobles sentidos y sentidos figurados complejos e ingeniosos Quevedo fustiga con su cólera a representantes de todos los estamentos sociales, aunque por conveniencia se modera con la Iglesia y el trono. La justicia, los médicos, los astrólogos, las mujeres hermosas, los prestamistas y los cornudos parecen ser sus blancos predilectos.

Bibliografía esencial

Díaz Migoyo, Gonzalo, *La diferencia novelesca. Lectura irónica de la ficción*, Visor, Madrid, 1990.

Nolting-Hauff, Ilse, *Visión, sátira y agudeza en los "Sueños" de Quevedo*, Gredos, Madrid, 1974.

Lida, Raimundo, *Prosas de Quevedo*, Crítica, Barcelona, 1980.

Schwartz Lerner, Lía, *Metáfora y sátira en la obra de Quevedo*, Taurus, Madrid, 1983.

Algunas ediciones

Francisco de Quevedo, *Sueños y discursos*, ed. de Felipe Maldonado, Castalia, Madrid, 1972.

———————————, *Sueños y discursos*, ed. de J. Álvarez Vázquez, Alianza, Madrid, 1983.

———————————, *Sueños y discursos*, ed. de Ignacio Arellano, Cátedra, Madrid, 1991.

El alguacil endemoniado

Al conde de Lemos, presidente de Indias[1]

Bien sé que a los ojos de vuestra excelencia es más endemoniado el autor que el sujeto; si lo fuere también el discurso, habré dado lo que se esperaba de mis pocas letras, que amparadas, como dueño, de vuestra excelencia y su grandeza, despreciarán cualquier temor. Ofrézcole este discurso del *Alguacil endemoniado* —aunque fuera mejor y más propiamente, a los diablos mismos—; recíbale vuestra excelencia con la humanidad que me hace merced; así yo vea en su casa la sucesión que tanta nobleza y méritos piden.

Esté advertida vuestra excelencia que los seis géneros de demonios que cuentan los supersticiosos y los hechiceros (los cuales por esta orden divide Psello en el capítulo once del libro de los demonios),[2]

---

[1] *Presidente de Indias*: presidente del Consejo de Indias, órgano consultivo creado por la Corona española en 1524 para atender los temas relacionados con el gobierno de los territorios españoles en América.

[2] *Psello*: Miguel Constantino Psellus, filósofo bizantino del siglo XI, autor de escritos de filosofía, astrología, platonismo y teología, entre otras disciplinas.

son los mismos que las órdenes en que se distribuyen los alguaciles malos: los primeros llaman leliurios, que quiere decir ígneos; los segundos, aéreos; los terceros, terrenos; los cuartos, acuáticos; los quintos, subterráneos; los sextos lucífugos, que huyen de la luz. Los ígneos son los criminales que a sangre y fuego persiguen *a* los hombres; los áereos son los soplones que dan viento; ácueos son los porteros que prenden por si vació o no vació, sin decir "agua va",[3] fuera de tiempo, y son ácueos con ser casi todos borrachos y vinosos; terrenos son los civiles que a puras comisiones y ejecuciones destruyen la tierra; lucífugos, los rondadores que huyen de la luz, debiendo la luz huir dellos; los subterráneos, que están debajo de tierra, son los escudriñadores de vidas, y fiscales de honras, y levantadores de falsos testimonios, que de bajo de tierra sacan qué acusar, y andan siempre desenterrando los muertos[4] y enterrando los vivos.

Al pío[5] lector

Y si fuéredes cruel, y no pío, perdona; que este epíteto, natural *del pollo,* has heredado de Eneas; y en

---

[3] *"Agua va"*: expresión que se empleaba cuando se arrojaba el contenido de orinales a la calle desde las ventanas de las casas.
[4] *Desenterrar los muertos*: Decir las faltas de los difuntos y revisar quiénes fueron.
[5] *Pío*: piadoso. Más adelante jugará con el sentido del piar de los pollos. Entre los tópicos retóricos estaba el de relacionar a Eneas con la piedad por haber llevado en hombros a su padre anciano al huir de Troya.

agradecimiento de que te hago cortesía en no llamarte benigno lector, advierte que hay tres géneros de hombres en el mundo: los unos que, por hallarse ignorantes, no escriben, y éstos merecen disculpa por haber callado y alabanza por haberse conocido; otros, que no comunican lo que saben, a éstos se les ha de tener lástima de la condición y envidia del ingenio, pidiendo a Dios que les perdone lo pasado y les enmiende lo por venir; los últimos no escriben de miedo de las malas lenguas, éstos merecen reprensión, pues si la obra llega a manos de hombres sabios, no saben decir mal de nadie, si de ignorantes, ¿cómo pueden decir mal, sabiendo que si lo dicen de lo malo, lo dicen de sí mismos, y si del bueno, no importa, que ya saben todos que no lo entienden? Esta razón me animó a escribir el *Sueño del Juicio* y me permitió osadía para publicar este discurso. Si le quieres leer, léele, y si no, déjale, que no hay pena para quien no le leyere. Si le empezares a leer y te enfadare, en tu mano está con que tenga fin donde te fuere enfadoso. Sólo he querido advertirte en la primera hoja que este papel es sola una reprensión de malos ministros de justicia, guardando el decoro que se debe a muchos que hay loables por virtud y nobleza; poniendo todo lo que en él hay debajo la corrección de la Iglesia Romana y ministros de buenas costumbres.

Fue el caso que entré en San Pedro a buscar al licenciado Calabrés[6] clérigo de bonete[7] de tres altos,

---

[6] *Licenciado Calabrés*: posible referencia al secretario del conde de Lemos.

[7] *Bonete*: gorra usada por los clérigos y graduados. Referirse a alguien como un gran bonete indicaba que se trataba de una persona de gran importancia.

hecho a modo de medio celemín,[8] orillo por ceñidor y no muy apretado, puños de Corinto, asomo de camisa por cuello, rosario en mano, disciplina en cinto, zapato grande y de ramplón;[9] [...] oreja sorda, habla entre penitente y disciplinante, derribado el cuello al hombro, como el buen tirador que apunta al blanco —mayormente, si es blanco de Méjico o de Segovia—[10] los ojos bajos y muy clavados en el suelo, como el que codicioso busca en él cuartos,[11] y los pensamientos tiples,[12] color a partes hendida y a partes quebrada; tardón en la misa y abreviador en la mesa, gran *lanzador* de diablos, tanto, que sustentaba el cuerpo a puros espíritus. Entendíasele de ensalmar, haciendo al bendecir unas cruces mayores que las de los malcasados. Traía en la capa remiendos sobre sano, hacía del desaliño santidad, contaba revelaciones, y si se descuidaban a creerle, hacía milagros.

¿Qué me canso? Éste, señor, era uno de los que Cristo llamó sepulcros hermosos: por defuera, blanqueados y llenos de molduras, y por dedentro, pudrición y gusanos. Fingiendo en lo exterior honestidad, siendo en lo interior del alma disoluto y de muy ancha y rasgada conciencia, era, en buen romance, hipócrita, embeleco[13] vivo, mentira con alma y fábula con voz.

---

[8] *Celemín*: unidad de volumen equivalente a 4,6 litros. Indica el gran tamaño del bonete.
[9] *Ramplón*: fuerte.
[10] *Blanco de Méjico o de Segovia*: se refiere a la plata, producida en México o acuñada en Segovia.
[11] *Cuartos*: moneda de cobre.
[12] *Pensamientos tiples*: pensamientos agudos.
[13] *Embeleco*: embuste o engaño.

Halléle en la sacristía solo con un hombre que, atadas las manos *con* el cíngulo[14] y puesta la estola descompuestamente, daba voces con frenéticos movimientos.

—¿Qué es esto? —le pregunté, espantado.

Respondióme:

—Un hombre endemoniado.

Y al punto, el espíritu que en él tiranizaba la posesión a Dios, respondió:

—No es hombre, sino alguacil. Mirad cómo habláis, que en la pregunta del uno y en la respuesta del otro se ve que sabéis poco. Y se ha de advertir que los diablos en los alguaciles estamos por fuerza y de mala gana; por lo cual, si queréis *acertar, me* debéis *llamar* a mí demonio enaguacilado, y no a éste alguacil endemoniado. Y avenίos tanto mejor los hombres con nosotros que con ellos, cuanto no se puede encarecer, pues nosotros huimos de la cruz y ellos la toman por instrumento para hacer mal. ¿Quién podrá negar que demonios y alguaciles no tenemos un mismo oficio? Pues bien mirado, nosotros procuramos condenar y los alguaciles también; nosotros que haya vicios y pecados en el mundo, y los alguaciles lo desean y procuran con más ahínco, porque ellos lo han menester para su sustento y nosotros para nuestra compañía. Y es mucho más de culpar este oficio en los alguaciles que en nosotros, pues ellos hacen mal a hombres como ellos y a los de su género, y nosotros no, que somos ángeles aunque sin gracia. Fuera de esto, los demonios lo fuimos por querer ser más que Dios, y los alguaciles son alguaciles por

[14] *Cíngulo*: cordón o cinta de seda que se ata en la cintura el sacerdote cuando se pone las prendas sacerdotales.

querer ser menos que todos. Así que, por demás te cansas, padre, en poner reliquias a éste, pues no hay santo que si entra en sus manos, no quede para ellas. Persuádete que el alguacil y nosotros todos somos de una orden, sino que los alguaciles son diablos calzados y nosotros *alguaciles* recoletos,[15] que hacemos áspera vida en el infierno.

Admiráronme las sutilezas del diablo. Enojóse Calabrés, revolvió sus conjuros, quísole enmudecer, y al echarle agua bendita a cuestas, comenzó a huir y a dar voces, diciendo:

—Clérigo, cata que no hace estos sentimientos el alguacil por la parte de bendita, sino por ser agua. No hay cosa que tanto aborrezcan, pues *si* en su nombre se llama alguacil, es encajada una *l* en medio. Y porque acabéis de conocer quién son y cuán poco tienen de cristianos, advertid que de pocos nombres que del tiempo de los moros quedaron en España, llamándose ellos *merinos,*[16] le han dejado por llamarse alguaciles —que alguacil es palabra morisca—, y hacen bien, que conviene el nombre con la vida y ella con sus hechos.

—Eso es muy insolente cosa oírlo —dijo furioso mi licenciado—; y si le damos licencia a este enredador, dirá otras mil bellaquerías y mucho mal de la justicia, porque corrige el mundo y le quita, con su temor y diligencia, las almas que tiene negociadas.

—No lo hago por eso —replicó el diablo—, sino porque ése es tu enemigo, que es de tu oficio. Y ten

---

[15] *Recoleto*: Se refiere a los monasterios o personas que siguen la regla de forma más estricta.

[16] *Merino*: antiguamente el juez que tenía autoridad en un territorio determinado.

lástima de mí y sácame del cuerpo de este alguacil; que soy demonio de prendas y calidad, y perderé después mucho en el infierno por haber estado acá con malas compañías.

—Yo te echaré hoy fuera —dijo Calabrés—, de lástima de ese hombre que aporreas por momentos y maltratas; que tus culpas no merecen piedad ni tu obstinación es capaz de ella.

—Pídeme albricias[17] —respondió el diablo—, si me sacas hoy. Y advierte que estos golpes que le doy y lo que le aporreo, no es sino que yo y su alma *reñimos* acá sobre quién ha de estar en mejor lugar, y andamos a más diablo es él.

Acabó esto con una gran risada; corrióse mi bueno de conjurador, y determinóse a enmudecerle. Yo, que había comenzado a gustar de las sutilezas del diablo, le pedí que pues estábamos solos, y él como mi confesor sabía mis cosas secretas, y yo como amigo las suyas, que le dejase hablar, apremiándole sólo a que no maltratase el cuerpo del alguacil. Hízose así, y al punto dijo:

—Donde hay poetas, parientes tenemos en corte[18] los diablos, y todos nos lo debéis por lo que en el infierno os sufrimos. Que habéis hallado tan fácil modo de condenaros, que hierve todo él en poetas. Y hemos hecho una ensancha a su cuartel; y son tantos, que compiten en los votos y elecciones con los escribanos. Y no hay cosa tan graciosa como el primer año de noviciado de un poeta en penas, porque hay quien

---

[17] *Albricias*: regalo que se da con motivo de un acontecimiento importante o festivo.
[18] *Parientes tenemos en corte*: tener valedores o quien interceda por uno.

se lleva de acá cartas de favor para ministros, y créese que ha de topar con *Radamanto,*[19] y pregunta por el Cerbero[20] y Aqueronte,[21] y no puede creer sino que se les esconden.

—¿Qué géneros de penas les dan a los poetas? —repliqué yo.

—Muchas —dijo— y propias. Unos se atormentan oyendo *alabar* las obras de otros, y a los más es la pena el limpiarlos. Hay poeta que tiene mil años de infierno y aún no acaba de leer unas endechillas a los celos. Otros verás en otra parte aporrearse y darse de tizonazos sobre si dirá faz o cara. Cuál, para hallar un consonante, no hay cerco en el infierno que no haya rodado, mordiéndose las uñas. Mas los que peor lo pasan y más mal lugar tienen son los poetas de comedias, por las muchas reinas que han hecho las infantas de Bretaña que han deshonrado, los casamientos desiguales que han hecho en los fines de las comedias, y los palos que han dado a muchos hombres honrados por acabar los entremeses. Mas es de advertir que los poetas de comedias no están entre los demás, sino que, por cuanto tratan de hacer enredos y marañas, se ponen entre los procuradores y solicitadores, gente que sólo trata de eso.

---

[19] *Radamanto*: Rodamonte: guerrero sarraceno de fuerza descomunal y orgullo desmesurado.

[20] *Cerbero*: forma antigua de referirse al cancerbero, perro de tres cabezas que en la mitología griega cuidaba la puerta del mundo infernal o Hades.

[21] *Aqueronte*: Caronte, viejo barquero que transportaba las almas de los muertos al mundo subterráneo a través de la laguna Estigia.

Y en el infierno están todos aposentados con tal orden. Que un artillero que bajó allá el otro día, queriendo que le pusiesen entre la gente de guerra, como al preguntarle del oficio que había tenido, dijese que hacer tiros en el mundo, fue remitido al cuartel de los escribanos, pues son los que hacen tiros[22] en el mundo. Un sastre, porque dijo que había vivido de cortar de vestir,[23] fue aposentado en los maldicientes. Un ciego, que quiso encajarse con los poetas, fue llevado a los enamorados, por serlo todos. Otro, que dijo: "*Yo* enterraba difuntos", fue acomodado con los pasteleros. Los que venían por el camino de los locos, ponemos con los astrólogos, y a los *que* por mentecatos, con los alquimistas. Uno vino por unas muertes, y está con los médicos. Los mercaderes que se condenan por vender, están con Judas. Los malos ministros, por lo que han tomado, alojan con el mal ladrón. Los necios están con los verdugos. Y un aguador, que dijo había vendido agua fría, fue llevado con los taberneros. Llegó un mohatrero[24] tres días ha, y dijo que él se condenaba por haber vendido gato por liebre, y pusímoslo de pies con los venteros, que dan lo mismo. Al fin, todo el infierno está repartido en partes, con esta cuenta y razón.

—Oíte decir antes de los enamorados; y por ser cosa que a mí me toca, gustaría saber si hay muchos.

—Mancha es la de los enamorados —respondió— que lo toma todo. Porque todos lo son de sí mismos; algunos, de sus dineros; otros, de sus palabras; otros, de sus obras; y algunos, de las mujeres. Y

---

[22] *Tiros*: hacer mal tercio a alguien en un negocio.
[23] *Cortar de vestir*: hacer un traje, criticar a alguien ausente.
[24] *Mohatrero*: vendedor fraudulento.

de estos postreros hay menos que todos en el infierno; porque las mujeres son tales, que, con ruindades, con malos tratos y peores correspondencias, les dan ocasiones de arrepentimiento cada día a los hombres. Como digo, hay pocos de éstos, pero buenos y de entretenimiento, si allá cupiera. Algunos hay que en celos y esperanzas amortajados y en deseos, se van por la posta al infierno, sin saber cómo, ni cuándo, ni de qué manera. Hay amantes a lacayuelos,[25] que arden llenos de cintas; otros, crinitos,[26] como cometas, llenos de cabellos; y otros que, en los billetes solos que llevan de sus damas, ahorran veinte años de leña a la fábrica de la casa, abrasándose lardeados en ellos. Son de ver los *amantes de monjas,* con las bocas abiertas y las manos extendidas, *condenados por tocas* sin tocar pieza, hechos bufones de los otros, *metiendo y sacando los dedos por unas rejas y en vísperas* del contento, sin tener jamás el día y con [...] el título de pretendientes *de Antecristo. Están a su lado los que han querido doncellas y se han condenado* por el beso, como Judas, brujuleando siempre los gustos sin poderlos descubrir.

Detrás de éstos, en una mazmorra, están los *adúlteros;* éstos son los que mejor viven y peor lo pasan, pues otros les sustentan la cabalgadura y ellos lo gozan.

—Gente es ésta —dije yo— cuyos agravios y favores, todos son de una manera.

---

[25] *Lacayuelos*: se les llama "lacayos" a los lazos colgantes de las cintas con que las mujeres se adornaban los puños de la camisa y que daban a sus enamorados.

[26] *Crinitos*: de cabellos largos. Amantes crinitos serían los que se adornan con mechones de cabello de su dama.

Abajo, en un apartado muy sucio, lleno de mondaduras de rastro —quiero decir, cuernos—, están los que acá llamamos cornudos; gente que aun en el infierno no pierde la paciencia, que como la llevan hecha a prueba de la mala mujer que han tenido, ninguna cosa los espanta.

Tras ellos están los que se enamoran de viejas, con cadenas; que los diablos, de hombres de tan mal gusto, aún no pensamos que estamos seguros; y si no estuviesen con prisiones, Barrabás[27] aún no tendría bien guardadas las asentaderas de ellos; y tales como somos, les parecemos blancos y rubios. Lo primero que con éstos se hace es condenarles la lujuria y su herramienta a perpetua cárcel.

Mas dejando éstos, os quiero decir que estamos muy sentidos de los potajes que hacéis de nosotros, pintándonos con garra sin ser aguiluchos; con colas, habiendo diablos rabones; con cuernos, no siendo casados; y malbarbados siempre, habiendo diablos de nosotros que podemos ser hermitaños y corregidores. Remediad esto, que poco *ha* que fue Jerónimo Bosco[28] allá, y preguntándole por qué había hecho tantos guisados de nosotros en sus sueños, dijo:

—Porque no había creído nunca que había demonios de veras.

Lo otro, y lo que más sentimos, es que hablando comúnmente, soléis decir: "¡Miren el diablo del sastre!" o "¡Diablo es el sastrecillo!". ¿A sastres nos com-

---

[27] *Barrabás*: el criminal liberado en vez de Jesucristo por Poncio Pilatos a petición popular.

[28] *Jerónimo Bosco*: Hieronymus Bosch (1450-1516), pintor holandés conocido por su obra enigmática que representa complejos temas religiosos con gran fantasía e iconografía demoniaca, especialmente el conocido *El jardín de las delicias*.

paráis?, que damos leña con ellos al infierno y aun nos hacemos de rogar para recibirlos, que si no es la póliza de quinientos, nunca hacemos recibo, por no malvesarnos y que ellos no aleguen posesión: *Quoniam consuetudo est altera lex*.[29] Y como tienen posesión en el hurtar y quebrantar las fiestas, fundan agravio si no les abrimos las puertas grandes, como si fuesen de casa.

También nos quejamos de que no hay cosa, por mala que sea, que no la deis al diablo; y en enfadándoos algo, luego decís: "¡Pues el diablo te lleve!". Pues advertid que son más los que se van allá que los que traemos, que no de todo hacemos caso. Dais al diablo un mal trapillo y no le toma el diablo, porque hay algún mal trapillo que no le tomará el diablo; dais al diablo un italiano y no le toma el diablo, porque hay italiano que tomará al diablo. Y advertid que las más veces dais al diablo lo que él ya se tiene, digo, nos tenemos.

—¿Hay reyes en el infierno? —le pregunté yo, y satisfizo a mi duda diciendo:

—Todo el infierno es figuras,[30] y hay muchos, porque el poder, libertad y mando les hace sacar a las virtudes de su medio, y llegan los vicios a su extremo; y viéndose en la suma reverencia de sus vasallos y, con la grandeza, opuestos a dioses, quieren valer punto menos y parecerlo; y tienen muchos caminos para condenarse, y muchos que los ayudan: porque uno se condena por la crueldad y, matando y *deste-*

---

[29] *Quoniam consuetudo es altera lex*: Puesto que la costumbre es otra ley.

[30] *Figura*: hombre ridículo y creído de sí mismo en su manera de hablar y acciones.

rrando los suyos, es una *ponzoña* coronada [...] y una peste real de sus reinos; otros se pierden por la codicia, haciendo *amazonas* sus villas y ciudades a fuerza de grandes pechos,[31] que en vez de criar, desustancian; y otros se van al infierno por terceras personas, y se condenan por poderes, fiándose de infames ministros. Y es gusto verles penar, porque como bozales[32] en trabajos, se les dobla el dolor con cualquier cosa. Sólo tienen bueno los reyes que, como es gente honrada, nunca vienen solos, sino con pinta de dos o tres privados, y a veces va el encaje,[33] y se traen todo el reino tras sí, pues todos se gobiernan por ellos. Dichosos vosotros, españoles, que, sin merecerlo, sois vasallos y gobernados por un rey tan vigilante y católico, a cuya imitación os vais al cielo; y esto si hacéis buenas obras (y no entendáis por ellas palacios suntuosos, que éstos a Dios son enfadosos, pues vemos nació en Belén, en un portal destruido); no cual otros malos reyes, que se van al infierno por el camino real, y los mercaderes, por el de la plata.

—¿Quién te mete ahora con los mercaderes? —dijo Calabrés.

—Manjar es que nos tiene ya empalagados a los diablos, y ahítos, y aun los vomitamos. Vienen allá a millares, condenándose en castellano y en guarismo. Y habéis de saber que en España los misterios de las cuentas de los genoveses son dolorosos para los mi-

---

[31] *Pechos*: tributo que se pagaba al señor territorial. Al quitar los "pechos" a las ciudades las vuelven "amazonas" puesto que éstas, para poder usar mejor el arco, se amputaban un pecho.
[32] *Bozales*: negros bozales, se refiere a esclavos recién capturados.
[33] *Encaje*: lenguaje del juego de cartas.

llones que vienen de las Indias, y que los cañones de sus plumas son de batería contra las bolsas; y no hay renta que, si la cogen en medio el tajo de sus plumas y el jarama de su tinta, no la ahoguen. Y, en fin, han hecho entre nosotros sospechoso este nombre de asientos, que como significan *traseros,* no sabemos cuándo hablan a lo negociante o cuándo a lo *bujarrón.*[34] Hombre de éstos ha ido al infierno que, viendo la leña y fuego que se gasta, ha querido hacer *estanco*[35] de la lumbre; y otro quiso arrendar los tormentos, pareciéndole que ganara con ellos mucho. Éstos tenemos allá junto a los jueces que acá los permitieron.

—¿Luego algunos jueces hay allá?

—¡Pues no! —dijo el espíritu—. Los jueces son nuestros faisanes, nuestros platos regalados, y la simiente que más provecho y fruto nos da a los diablos; porque de cada juez que sembramos, cogemos seis procuradores, dos relatores, cuatro escribanos, cinco letrados y cinco mil negociantes, y esto cada día. De cada escribano cogemos veinte oficiales; de cada oficial, treinta alguaciles; de cada alguacil, diez corchetes.[36] Y si el año es fértil de trampas, no hay trojes en el infierno donde recoger el fruto de un mal ministro.

—¿También querrás decir que no hay justicia en la tierra, rebelde a Dios, y sujeta a sus ministros?

---

[34] *Bujarrón*: término despectivo para referirse a los homosexuales.
[35] *Estanco*: Embargo o prohibición del curso y venta libre de algunas cosas, o asiento que se hace para reservar exclusivamente las ventas de mercancías o géneros, fijando los precios a que se hayan de vender.
[36] *Corchetes*: ministro de Justicia de bajo rango encargado de prender a los delincuentes.

—Y ¡cómo que no hay justicia! ¿Pues no has sabido lo de Astrea,[37] que es la justicia, cuando huyendo de la tierra se subió al cielo? Pues por si no lo sabes, te lo quiero contar.

Vinieron la verdad y la justicia a la tierra; la una no halló comodidad por desnuda ni la otra por rigurosa. Anduvieron mucho tiempo así, hasta que la verdad, de puro necesitada, asentó con un mudo.

La justicia, desacomodada, anduvo por la tierra rogando a todos, y viendo que no hacían caso de ella y que le usurpaban su nombre para honrar tiranías, determinó volverse huyendo al cielo. Salióse de las grandes ciudades y cortes, y fuese a las aldeas de villanos, donde por algunos días, escondida en su pobreza, fue hospedada de la simplicidad, hasta que envió contra ella requisitorias la malicia. Huyó entonces de todo punto, y fue de casa en casa pidiendo que la recogiesen. Preguntaban todos quién era, y ella, que no sabe mentir, decía que la justicia; respondíanle todos:

—¿Justicia, y por mi casa? Vaya por otra.

Y así, no estuvo en ninguna. Subióse al cielo y apenas dejó acá pisadas.

Los hombres, que esto vieron, bautizaron con *su nombre* algunas varas que, fuera de las cruces, arden algunas muy bien allá; y acá sólo tienen nombre de justicia ellas y los que las traen. Porque hay muchos de éstos en quien la vara hurta más que el ladrón con ganzúa y llave falsa y escala.

Y habéis de advertir que la codicia de los hombres ha hecho instrumento para hurtar todas sus partes, sentidos y potencias que Dios les dio, las unas

---

[37] *Astrea*: diosa de la justicia.

para vivir y las otras para vivir bien. ¿No hurta la honra de la doncella, con la voluntad, el enamorado? ¿No hurta con el entendimiento, el letrado que le da malo y torcido a la ley? ¿No hurta con la memoria el representante, que nos lleva el tiempo? ¿No hurta el amor con los ojos? ¿El discreto con la boca? ¿El poderoso con los brazos?, pues no medra quien no tiene los suyos. ¿El valiente con las manos; el músico con los dedos; el gitano y cicatero con las uñas; el médico con la muerte; el boticario con la salud; el astrólogo con el cielo? Y, al fin, cada uno hurta con una parte o con otra. Sólo el alguacil hurta con todo el cuerpo, pues acecha con los ojos, sigue con los pies, *ase* con las manos y atestigua con la boca; y, al fin, son tales los alguaciles, que de ellos y de nosotros defiende a los hombres la santa Iglesia romana.

—Espántome —dije yo— de ver que entre los ladrones no has metido a las mujeres, pues son de casa.

—No me las nombres —respondió—, que nos tienen enfadados *y* cansados; y a no haber tantas allá, no era muy mala [...] habitación *el* infierno. Diéramos, para que enviudáramos, en el infierno, mucho. Que como se urden enredos, y ellas, desde que murió Medusa[38] la hechicera, no platican otro, temo no haya alguna tan atrevida que quiera probar su habilidad con alguno de nosotros, por ver si sabrá dos puntos más.[39] Aunque sola una cosa tienen buena las condenadas, por la cual se puede tratar con ellas: que como están desesperadas, no piden nada.

---

[38] *Medusa*: una de las monstruosas gorgonas que fue muerta por Teseo. Todo el que la miraba se convertía en piedra.

[39] *Sabrá dos puntos más*: Popularmente se dice que la mujer sabe un punto más que el diablo.

—¿De cuáles se condenan más: feas o hermosas?

—Feas —dijo al instante—, seis veces más; porque *como* los pecados, para *conocerlos y aborrecerlos,* no es menester más de *hacerlos;* y las hermosas [...] hallan tantos que las satisfagan el apetito carnal, hártanse y arrepiéntense; pero las feas, como no hallan nadie, allá se nos van en ayunas y con la misma hambre rogando a los hombres; y después que se *usan* ojinegras y cariaguileñas, hierve el infierno en blancas y rubias y en viejas más que en todo, que de envidia de las mozas, obstinadas, expiran gruñendo. El otro día llevé yo una de setenta años que comía barro[40] y hacía ejercicio para remediar las opilaciones,[41] y se quejaba de dolor de muelas porque pensasen que las tenía; y con tener ya amortajadas las sienes con la sábana blanca de sus canas y arada la frente, huía de los ratones y traía galas, pensando agradarnos a nosotros. Pusímosla allá, por tormento, al lado de un lindo de estos que se van allá con zapatos blancos y de puntillas, informados de que es tierra seca y sin lodos.

—En todo eso estoy bien —le dije—; sólo querría saber si hay en el infierno muchos pobres.

—¿Qué es pobres? —replicó.

—El hombre —dije yo— que no tiene nada de cuanto tiene el mundo.

—¡Hablara yo para mañana! —dijo el diablo—. Si lo que condena a los hombres es lo que tienen del mundo, y ésos no tienen nada, ¿cómo se condenan? Por acá los libros nos tienen en blanco. Y no os espantéis, porque aun diablos les faltan a los pobres.

---

[40] *Comía barro*: con fines estéticos las mujeres solían mascar algunos tipos de arcilla.

[41] *Opilación*: obstrucción.

Y a veces, más diablos sois unos para otros que nosotros mismos. ¿Hay diablo como un adulador, como un envidioso, como un amigo falso y como una mala compañía? Pues todos éstos le faltan al pobre, que no le adulan, ni le envidian, ni tiene amigo malo ni bueno, ni le acompaña nadie. Éstos son los que verdaderamente viven bien y mueren mejor. ¿Cuál de vosotros sabe estimar el tiempo y poner precio al día, sabiendo que todo lo que pasó lo tiene la muerte en su poder, y gobierna lo presente y aguarda todo lo porvenir, como todos ellos?

—Cuando el diablo predica, el mundo se acaba. ¿Pues cómo, siendo tú padre de la mentira —dijo Calabrés—, dices cosas que bastan a convertir una piedra?

—¿Cómo? —respondió—. Por haceros mal, y que no podáis decir que faltó quien os lo dijese. Y adviértase que en vuestros ojos veo muchas lágrimas de tristeza y pocas de arrepentimiento; y de las más se deben las gracias al pecado que os harta o cansa, y no a la voluntad que por malo le aborrezca.

—Mientes —dijo Calabrés—; que muchos santos y santas hay hoy. Y ahora veo que en todo cuanto has dicho, has mentido; y en pena, saldrás hoy de este hombre.

Usó de sus exorcismos y, sin poder yo con él, le apremió a que callase. Y si un diablo por sí es malo, mudo es peor que diablo.

Vuestra excelencia con curiosa atención mire esto y no mire a quien lo dijo; que Herodes profetizó, y por la boca de una sierpe de piedra sale un caño de agua, en la quijada de un león hay miel, y el salmo dice que a veces recibimos salud de nuestros enemigos y de mano de aquellos que nos aborrecen.

María de Zayas

El jardín engañoso

Introducción

María de Zayas (Madrid 1590-1661) publica en 1637 en Zaragoza sus *Novelas amorosas y Exemplares* y en 1647 *Parte segunda del sarao y entretenimiento honesto, Desengaños amorosos.* A partir de 1648 ambas colecciones se editaron juntas y llegaron a ser, después de las *Novelas ejemplares* de Cervantes, las que mayor difusión alcanzaron en Europa durante los siglos XVI y XVII. El escenario de la corte y de las grandes ciudades le sirve de pretexto para contar la agitación de la vida urbana, centrada sobre todo en aventuras amorosas. Su obra, calificada por algunos críticos como el "Decamerón español", se ocupa de los "desengaños amorosos" como advertencia a los engañadores y a "las que se dejan engañar". María de Zayas mantuvo amistad con narradores importantes de su tiempo como Pérez de Montalbán y Alonso de Castillo Solórzano, conoció también a Lope de Vega, quien la alaba en su *Laurel de Apolo,* y fue reconocida en las Academias literarias de su tiempo. Se sabe que también dedicó tiempo a la poesía, género del cual han llegado hasta nuestros días algunas décimas, liras y un soneto a Lope de Vega.

El tema central de sus narraciones, pertenecientes al género de "novelas cortesanas" es el amor-pasión dirigidas a un público amplio. Dentro de una serie de esquemas y recursos tópicos del género, las novelas de Zayas se distinguen por sus finales desdichados y por un erotismo que se presenta como connatural a la pasión amorosa. La mayor parte de ellas tienen una ubicación contemporánea a la autora y están situadas en un contexto urbano. A diferencia de las novelas cervantinas, las de María de Zayas tienen un marco narrativo común (del tipo del *Decamerón* de Boccaccio) que es una reunión en casa de Lisis, una joven enferma a la que unas amigas deciden entretener, para lo que organizan una fiesta de Navidad e invitan a don Juan, el enamorado de Lisis, y a unos amigos. En todas las novelas de la colección se percibe un didactismo dirigido a las mujeres, así como una visión feminista de las diversas situaciones que presenta.

El jardín engañoso es la última narración de las reunidas en las *Novelas amorosas y ejemplares*.

Bibliografía esencial

Foa, Sandra M., *Feminismo y forma narrativa. Estudio del tema y las técnicas de María de Zayas*, Albatros, Valencia, 1979.

Montesa Peydró, Salvador, *Texto y contexto en la narrativa de María de Zayas*, Dirección General de la Juventud, Madrid, 1981.

Palomo, María del Pilar, *La novela cortesana (forma y estructura)*, Planeta-Universidad de Málaga, Barcelona, 1976.

Algunas ediciones

María de Zayas, *Novelas completas*, ed. de María Martínez del Portal, Bruguera, Barcelona, 1973.

———————, *Desengaños amorosos*, ed. de Alicia Yllera, Cátedra, Madrid, 1983.

———————, *Tres novelas amorosas y tres desengaños amorosos*, ed. de Alicia Redondo Goicoechea, Castalia-Instituto de la Mujer, Madrid, 1989.

El jardín engañoso

No ha muchos años que en la hermosísima y noble ciudad de Zaragoza, divino milagro de la Naturaleza y glorioso trofeo del Reino de Aragón, vivía un caballero noble y rico, y él por sus partes[1] merecedor de tener por mujer una gallarda dama, igual en todo a sus virtudes y nobleza, que éste es el más rico don que se puede alcanzar. Dióle el cielo por fruto de su matrimonio dos hermosísimos soles, que tal nombre se puede dar a dos bellas hijas: la mayor llamada Constanza, y la menor Teodosia; tan iguales en belleza, discreción y donaire, que no desdecía nada la una de la otra. Eran éstas dos bellísimas damas tan acabadas y perfectas, que eran llamadas por renombre de riqueza y hermosura, los dos niñas de los ojos de su Patria.

Llegando, pues, a los años de discreción,[2] cuando en las doncellas campea la belleza y donaire se aficionó de la hermosa Constanza don Jorge, caballe-

---

[1] *Por sus partes*: por sus atributos personales.

[2] *Años de discreción*: edad en la cual se pueden hacer juicios de las cosas, edad adulta.

ro asimismo natural de la misma ciudad de Zaragoza, mozo, galán y rico, único heredero en la casa de sus padres, que aunque había otro hermano, cuyo nombre era Federico, como don Jorge era el mayorazgo,[3] le podemos llamar así.

Amaba Federico a Teodosia, si bien con tanto recato de su hermano, que jamás entendió dél esta voluntad, temiendo que como hermano mayor no le estorbase estos deseos, así por esto como por no llevarse muy bien los dos.

No miraba Constanza mal a don Jorge, porque agradecida a su voluntad le pagaba en tenérsela honestamente, pareciéndole, que habiendo sus padres de darle esposo, ninguno en el mundo la merecía como don Jorge. Y fiada en esto estimaba y favorecía sus deseos, teniendo por seguro el creer que apenas se la pediría a su padre, cuando tendría alegre y dichoso fin este amor, si bien le alentaba tan honesta y recatadamente, que dejaba lugar a su padre para que en caso que no fuese su gusto el dársele por dueño, ella pudiese, sin ofensa de su honor dejarse desta pretensión.

No le sucedió tan felizmente a Federico con Teodosia porque jamás alcanzó della un mínimo favor, antes le aborrecía con todo extremo, y era la causa amar perdida a don Jorge, tanto que empezó a trazar y buscar modos de apartarle de la voluntad de su hermana, envidiosa de verla amada, haciendo eso tan astuta y recatada que jamás le dio a entender ni al uno ni al otro su amor.

---

[3] *Mayorazgo*: llamado así por el sistema por el cual el hijo mayor es el que hereda todos los bienes de los padres.

Andaba con estos disfavores don Federico tan triste, que ya era conocida, si no la causa, la tristeza. Reparando en ello Constanza, que por ser afable y amar tan honesta a don Jorge no le cabía poca parte a su hermano; y casi sospechando que sería Teodosia la causa de su pena por haber visto en los ojos de Federico algunas señales, la procuró saber y fuéle fácil, por ser los caballeros muy familiares amigos de su casa, y que siéndolo también los padres facilitaba cualquiera inconveniente.

Tuvo lugar la hermosa Constanza de hablar a Federico, sabiendo dél a pocos lances la voluntad que a su hermana tenía y los despegos con que ella le trataba. Mas con apercibimiento que no supiese este caso don Jorge, pues, como se ha dicho, se llevaban mal.

Espantóse Constanza de que su hermana desestimase a Federico, siendo por sus partes digno de ser amado. Mas como Teodosia tuviese tan oculta su afición, jamás creyó Constanza que fuese don Jorge la causa, antes daba la culpa a su desamorada condición, y así se lo aseguraba a Federico las veces que desto trataban, que eran muchas, con tanto enfado de don Jorge, que casi andaba celoso de su hermano, y más viendo a Constanza tan recatada en su amor, que jamás, aunque hubiese lugar, se lo dio de tomarle una mano.

Estos enfados de don Jorge despertaron el alma a Teodosia a dar modo como don Jorge aborreciese de todo punto a su hermana, pareciéndole a ella que el galán se contentaría con desamarla, y no buscaría más venganza, y con esto tendría ella el lugar que su hermana perdiese. Engaño común en todos los que hacen mal, pues sin mirar que le procuran al aborrecido, se le dan juntamente al amado.

Con este pensamiento, no temiendo el sangriento fin que podría tener tal desacierto, se determinó decir a don Jorge que Federico y Constanza se amaban, y pensando lo puso en ejecución, que amor ciego ciegamente gobierna y de ciegos se sirve; y así, quien como ciego no procede, no puede llamarse verdaderamente su cautivo.

La ocasión que la fortuna dio a Teodosia fue hallarse solos Constanza y don Jorge, y el galán enfadado, y aún, si se puede decir, celoso de haberla hallado en conversación con su aborrecido hermano, dando a él la culpa de su tibia voluntad, no pudiendo creer que fuese recato honesto que la dama con él tenía, la dijo algunos pesares, con que obligó a la dama que le dijese estas palabras:

—Mucho siento, don Jorge, que no estiméis mi voluntad, y el favor que os hago en dejarme amar, sino que os atreváis a tenerme en tan poco, que sospechando de mí lo que no es razón, entre mal advertidos pensamientos, me digáis pesares celosos; y no contento con esto, os atreváis a pedirme más favores que los que os he hecho, sabiendo que no los tengo de hacer. A sospecha tan mal fundada como la vuestra no respondo, porque si para vos no soy más tierna de lo que veis, ¿por qué habéis de creer que lo soy de vuestro hermano? A lo demás que decís, quejándoos de mi desabrimiento y tibieza, os digo, para que no os canséis en importunarme, que mientras que no fuéredes mi esposo no habéis de alcanzar más de mí. Padres tengo, su voluntad es la mía, y la suya no debe de estar lejos de la vuestra mediante vuestro valor. En esto os he dicho todo lo que habéis de hacer, si queréis darme gusto, y en lo demás será al contrario.

Y diciendo esto, para no dar lugar a que don Jorge tuviera algunas desenvolturas amorosas, le dejó y entró en otra sala donde había criados y gente.

No aguardaba Teodosia otra ocasión más que la presente para urdir su enredo; y habiendo estado a la mira y oído lo que había pasado, viendo quedar a don Jorge desabrido y cuidadoso de la resolución de Constanza, se fue adonde estaba y le dijo:

—No puedo ya sufrir ni disimular, señor don Jorge, la pasión que tengo de veros tan perdido y enamorado de mi hermana, y tan engañado en esto como amante suyo; y así, si me dais palabra de no decir en ningún tiempo que yo os he dicho lo que sé y os importa saber, os diré la causa de la tibia voluntad de Constanza.

Alteróse don Jorge con esto, y sospechando lo mismo que la traidora Teodosia le quería decir, deseando saber lo que le había de pesar de saberlo, propria condición de amantes, le juró con bastantes juramentos tener secreto.

—Pues sabed —dijo Teodosia— que vuestro hermano Federico y Constanza se aman con tanta terneza y firme voluntad, que no hay para encarecerlo más que decir que tienen concertado de casarse. Dada se tienen palabra, y aun creo que con más arraigadas prendas; testigo yo, que sin querer ellos que lo fuese, oí y vi cuanto os digo, cuidadosa de lo mismo que ha sucedido. Esto no tiene ya remedio, lo que yo os aconsejo es que como también entendido llevéis este disgusto, creyendo que Constanza no nació para vuestra, y que el cielo os tiene guardado sólo la que os merece. Voluntades que los cielos conciertan en vano las procuran apartar las gentes. A vos, como digo, no ha de faltar la que merecéis, ni a vuestro hermano el castigo de haberse atrevido a vuestra misma dama.

Con esto dio fin Teodosia a su traición, no queriendo, por entonces decirle nada de su voluntad, porque no sospechase su engaño. Y don Jorge principió a una celosa y desesperada cólera, porque en un punto ponderó el atrevimiento de su hermano, la deslealtad de Constanza, y haciendo juez a sus celos y fiscal a su amor, juntando con esto el aborrecimiento con que trataba a Federico, aun sin pensar en la ofensa, dio luego contra él rigurosa y cruel sentencia. Mas disimulando por no alborotar a Teodosia, le agradeció cortésmente la merced que le hacía, prometiendo el agradecimiento della, y por principio tomar su consejo y apartarse de la voluntad de Constanza, pues se empleaba en su hermano más acertadamente que en él.

Despidiéndose della, y dejándole en extremo alegre, pareciéndole que desfraudado don Jorge de alcanzar a su hermana, le sería a ella fácil el haberle por esposo. Mas no le sucedió así, que un celoso cuanto más ofendido, entonces ama más.

Apenas se apartó don Jorge de la presencia de Teodosia, cuando se fue a buscar su aborrecido hermano, si bien primero llamó un paje de quien fiaba mayores secretos, y dándole cantidad de joyas y dineros con un caballo le mandó que le guardase fuera de la ciudad, en un señalado puesto.

Hecho esto, se fue a Federico, y le dijo que tenía ciertas cosas para tratar con él, para lo cual era necesario salir hacia el campo.

Hízolo Federico, no tan descuidado que no se recelase de su hermano, por conocer la poca amistad que le tenía. Mas la fortuna que hace sus cosas como le da gusto, sin mirar méritos ni inorancias, tenía ya echada la suerte por don Jorge contra el miserable[4] Federico, porque apenas llegaron a un lugar a propósito, apartado de la gente, cuando sacando don Jorge la espada, llamándole robador de su mayor descanso y bien, sin darle lugar a que sacase la suya, le dio una tan cruel estocada por el corazón, que la espada salió a las espaldas, rindiendo a un tiempo el desgraciado Federico el alma a Dios y el cuerpo a la tierra.

Muerto el malogrado mozo por la mano del cruel hermano, don Jorge acudió adonde le aguardaba su criado con el caballo, y subiendo en él con su secretario a las ancas, se fue a Barcelona, y de allí, hallando las galeras[5] que se partían a Nápoles, se embarcó en ellas, despidiéndose para siempre de España.

Fue hallado esta misma noche el mal logrado Federico muerto y traído a sus padres, con tanto dolor suyo y de toda la ciudad, que a una lloraban su desgraciada muerte, ignorándose el agresor della, porque aunque faltaba su hermano, jamás creyeron que él fuese dueño de tal maldad, si bien por su fuga se creía haberse hallado en el desdichado suceso. Sola Teodosia, como la causa de tal desdicha, pudiera decir en esto la verdad; mas ella callaba, porque le importaba hacerlo.

Sintió mucho Constanza la ausencia de don Jorge, mas no de suerte que diese que sospechar cosa que no estuviese muy bien a su opinión, si bien entretenía el casarse, esperando saber algunas nuevas dél.

En este tiempo murió su padre, dejando a sus hermosas hijas con gran suma de riqueza, y a su madre

---

[4] *Miserable*: desdichado.

[5] *Galera*: embarcación de vela y remo.

por su amparo. La cual, ocupada en el gobierno de su hacienda, no trató de darlas estado en más de dos años, ni a ellas se les daba nada, ya por aguardar la venida de su amante, y parte por no perder los regalos que de su madre tenían, sin que en todo este tiempo se supiese cosa alguna de don Jorge; cuyo olvido fue haciendo su acostumbrado efecto en la voluntad de Constanza, lo que no pudo hacer en la de Teodosia, que siempre amante y siempre firme, deseaba ver casada a su hermana para vivir más segura si don Jorge pareciese.

Sucedió en este tiempo venir a algunos negocios a Zaragoza un hidalgo montañés,[6] más rico de bienes de naturaleza que de fortuna, hombre de hasta treinta o treinta y seis años, galán, discreto y de muy amables partes, llamado Carlos.

Tomó posada enfrente de la casa de Constanza, y a la primera vez que vio la belleza de la dama, le dio un pago de haberla visto la libertad, dándole asiento en el alma, con tantas veras, que sólo la muerte le pudo sacar desta determinación, dando fuerzas a su amor el saber su noble nacimiento y riqueza, y el mirar su honesto agrado y hermosa gravedad.

Víase nuestro Carlos pobre y fuera de su patria, porque aunque le sobraba de noble lo que le faltaba de rico, no era bastante para atreverse a pedirla por mujer, seguro de que no se la habían de dar. Mas no hay amor sin astucias, ni cuerdo que no sepa aprovecharse dellas. Imaginó una que fue bastante a darle lo mismo que deseaba, y para conseguirla empezó a tomar amistad con Fabia, que así se llamaba su madre de Constanza, y a regalarla con algunas cosas que

---

[6] *Montañés*: originario de Santander.

procuraba para este efecto, haciendo la noble señora en agradecimiento lo mismo. Visitábalas algunas veces, granjeando con su agrado y linda conversación la voluntad de todas, tanto que ya no se hallaban sin él.

En teniendo Carlos dispuesto este negocio tan a su gusto, descubrió su intento a una ama vieja que le servía, prometiéndole pagárselo muy bien, y desta suerte se empezó a fingir enfermo, y no sólo con achaque limitado, sino que de golpe se arrojó en la cama.

Tenía ya la vieja su ama prevenido un médico, a quien dieron un gran regalo, y así comenzó a curarle a título de un cruel tabardillo.[7] Supo la noble Fabia la enfermedad de su vecino, y con notable sentimiento le fue luego a ver, y le acudía como si fuera un hijo, a todo lo que era menester. Creció la fingida enfermedad, a dicho del médico y congojas del enfermo, tanto que se le ordenó que hiciese testamento y recibiese los Sacramentos. Todo lo cual se hizo en presencia de Fabia, que sentía el mal de Carlos en el alma, a la cual el astuto Carlos, asidas las manos, estando para hacer testamento, dijo:

—Ya veis, señora mía, en el estado que está mi vida, más cerca de la muerte que de otra cosa. No la siento tanto por haberme venido en la mitad de mis años, cuanto por estorbarse con ella el deseo que siempre he tenido de serviros después que os conocí. Mas para que mi alma vaya con algún consuelo deste mundo, me habéis de dar licencia para descubriros un secreto.

---

[7] *Tabardillo*: fiebre tifoidea.

La buena señora le respondió que dijese lo que fuese su gusto, seguro de que era oído y amado, como si fuera un hijo suyo.

—Seis meses ha, señora Fabia —prosiguió Carlos—, que vivo enfrente de vuestra casa, y esos mismos que adoro y deseo para mi mujer a mi señora doña Constanza, vuestra hija, por su hermosura y virtudes. No he querido tratar dello, aguardando la venida de un caballero deudo mío, a quien esperaba para que lo tratase; mas Dios, que sabe lo que más conviene, ha sido servido de atajar mis intentos de la manera que veis, sin dejarme gozar este deseado bien. La licencia que ahora me habéis de dar es, para que yo le deje toda mi hacienda, y que ella la acepte, quedando vos, señora, por testamentaria; y después de cumplido mi testamento todo lo demás sea para su dote.

Agradecióle Fabia con palabras amorosas la merced que le hacía, sintiendo y solenizando con lágrimas el perderle.

Hizo Carlos su testamento, y por decirlo de una vez, él testó de más de cien mil ducados, señalando en muchas partes de la Montaña muy lucida hacienda. De todos dejó por heredera a Constanza, y a su madre tan lastimada, que pedía al cielo con lágrimas su vida.

En viendo Fabia a su hija, echándole al cuello los brazos, le dijo:

—¡Ay hija mía, en qué obligación estás a Carlos! Ya puedes desde hoy llamarte desdichada, perdiendo, como pierdes tal marido.

—No querrá tal el cielo, señora —decía la hermosa dama, muy agradada de las buenas partes de Carlos, y obligada contra la riqueza que le dejaba—, que Carlos muera, ni que yo sea de tan corta dicha que tal vea; yo espero de Dios que le ha de dar vida, para que todas sirvamos la voluntad que nos muestra.

Con estos buenos deseos, madre y hijas pedían a Dios su vida.

Dentro de pocos días empezó Carlos, como quien tenía en su mano su salud, a mejorar, y antes de un mes a estar del todo sano, y no sólo sano, sino esposo de la bella Constanza, porque Fabia, viéndole con salud, le llevó a su casa y desposó con su hija.

Granjeando este bien por medio de su engaño, y Constanza tan contenta, porque su esposo sabía granjear su voluntad con tantos regalos y caricias, que ya muy seguro de su amor, se atrevió a descubrirle su engaño, dando la culpa a su hermosura y al verdadero amor que desde que la vio la tuvo.

Era Constanza tan discreta, que en lugar de desconsolarse, juzgándose dichosa en tener tal marido, le dio por el engaño gracias, pareciéndole que aquella había sido la voluntad del cielo, la cual no se puede excusar, por más que se procure hacerlo, dando a todos estos amorosos consuelos lugar la mucha y lucida hacienda que ella gozaba, pues sólo le faltaba a su hermosura, discreción y riqueza un dueño como el que tenía, de tanta discreción, noble sangre y gentileza, acompañado de tal agrado, que suegra y cuñada, viendo a Constanza tan contenta, y que con tantas veras se juzgaba dichosa, le amaban con tal extremo, que en lugar de sentir la burla, la juzgaban por dicha.

Cuatro años serían pasados de la ausencia de don Jorge, muerte de Federico y casamiento de Constanza, en cuyo tiempo la bellísima dama tenía por prendas de su querido esposo dos hermosos hijos, con los cuales, más alegre que primero, juzgaba perdidos los años que había gastado en otros devaneos, sin haber sido siempre de su Carlos, cuando don Jorge, habiendo andado toda Italia, Piamonte y Flandes, no pudiendo sufrir la ausencia de su amada señora, seguro, por algunas personas que había visto por donde había estado, de que no le atribuían a él la muerte del malogrado Federico, dio vuelta a su patria y se presentó a los ojos de sus padres, y si bien su ausencia había dado que sospechar, supo dar tal color a su fuga, llorando con fingidas lágrimas y disimulada pasión la muerte de su hermano, haciéndose muy nuevo en ella, que dislumbró[8] cualquiera indicio que pudiera haber.

Recibiéronle los amados padres como de quien de dos solas prendas que habían perdido en un día hallaban la una, cuando menos esperanza tenían de hallarla, acompañándolos en su alegría la hermosa Teodosia, que obligaba de su amor, calló su delito a su mismo amante, por no hacerse sospechosa en él.

La que menos contento mostró en esta venida fue Constanza, porque casi adivinando lo que le había de suceder, como amaba tan de veras a su esposo, se entristeció de que los demás se alegraban, porque don Jorge, aunque sintió con las veras posibles hallarla casada, se animó a servirla y solicitarla de nuevo, ya que no para su esposa, pues era imposible, al menos para gozar de su hermosura, por no malograr tantos años de amor. Los paseos, los regalos, las músicas y finezas eran tantas, que casi se empezó a murmurar por la ciudad. Mas a todo la dama estaba sorda, porque jamás admitía ni estimaba cuanto el amante por ella hacía, antes las veces que en la

[8] *Dislumbró*: opacó.

iglesia o en los saraos y festines que en Zaragoza se usan la vía y hallaba cerca della, a cuantas quejas de haberse casado le daba, ni a las tiernas y sentidas palabras que le decía, jamás le respondía palabra. Y si alguna vez, ya cansada de oírle, le decía alguna, era tan desabrida y pesada, que más aumentaba su pena.

La que tenía Teodosia de ver estos extremos de amor en su querido don Jorge era tanta, que, a no alentarla los desdenes con que su hermana le trataba, mil veces perdiera la vida. Y tenía bastante causa, porque aunque muchas veces le dio a entender a don Jorge su amor, jamás oyó dél sino mil desabrimientos en respuesta, con lo cual vivía triste y desesperada.

No ignoraba Constanza de dónde le procedía a su hermana la pena, y deseaba que don Jorge se inclinase a remediarla, tanto por no verla padecer, como por no verse perseguida de sus importunaciones; mas cada hora lo hallaba más imposible, por estar ya don Jorge tan rematado y loco en solicitar su pretensión, que no sentía que en Zaragoza se murmurase ni que su esposo de Constanza lo sintiese.

Más de un año pasó don Jorge en este tema, sin ser parte las veras con que Constanza excusaba su vista, no saliendo de su casa sino a misa, y esas veces acompañada de su marido, por quitarle el atrevimiento de hablarla, para que el precipitado mancebo se apartase de seguir su devaneo, cuando Teodosia, agravada de su tristeza, cayó en la cama de una peligrosa enfermedad, tanto que se llegó a tener muy poca esperanza de su vida. Constanza, que la amaba tiernamente, conociendo que el remedio de su pena estaba en don Jorge, se determinó a hablarle, forzando, por la vida de su hermana, su despegada y cruel condición. Así, un día que Carlos se había ido a caza, le envió a llamar. Loco de contento recibió don Jorge el venturoso recado de su querida dama, y por no perder esta ventura, fue a ver lo que el dueño de su alma le quería.

Con alegre rostro recibió Constanza a don Jorge, y sentándose con él en su estrado, lo más amorosa y honestamente que pudo, por obligarle y traerle a su voluntad, le dijo:

—No puedo negar, señor don Jorge, si miro desapasionadamente vuestros méritos y la voluntad que os debo, que fui desgraciada el día que os ausentasteis desta ciudad, pues con esto perdí el alcanzaros por esposo, cosa que jamás creí de la honesta afición con que admitía vuestros favores y finezas, si bien el que tengo es tan de mi gusto, que doy mil gracias al cielo por haberle merecido, y esto bien lo habéis conocido en el desprecio que de vuestro amor he hecho, después que vinistes; que aunque no puedo ni será justo negaros la obligación en que me habéis puesto, la de mi honra es tanta, que ha sido fuerza no dejarme vencer de vuestras importunaciones. Tampoco quiero negar que la voluntad primera no tiene gran fuerza, y si con mi honra y con la de mi esposo pudiera corresponder a ella, estad seguro de que ya os hubiera dado el premio que vuestra perseverancia merece. Mas supuesto que esto es imposible, pues en este caso os cansáis sin provecho, aunque amando estuvieseis un siglo obligándome, me ha parecido pagaros con dar en mi lugar otro yo, que de mi parte pague lo que en mí es sin remedio. En concederme este bien me ganáis, no sólo por verdadera amiga, sino por perpetua esclava. Y para no teneros suspenso, esta hermosura que, en cambio de la mía, que ya es de Carlos, os quiero dar, es mi hermana Teodosia, la cual, desesperada de vuestro desdén, está en lo último de su vida, sin haber otro remedio para dársela, sino vos mismo. Ahora es tiempo de que yo vea lo que valgo con vos, si alcanzo que nos honréis a todos, dándole la mano de esposo. Con esto quitáis al mundo de murmuraciones, a mi esposo de sospechas, a vos mismo de pena, y a mi querida hermana de las manos de la muerte, que faltándole este remedio, es sin duda que triunfará de su juventud y belleza. Y yo teniéndoos por hermano, podré pagar en agradecimiento lo que ahora niego por mi recato.

Turbado y perdido oyó don Jorge a Constanza, y precipitado en su pasión amorosa, le respondió:

—¿Éste es el premio, hermosa Constanza, que me tenías guardado al tormento que por ti paso y al firme amor que te tengo? Pues cuando entendí que obligada dél me llamabas para dármele, ¿me quieres imposibilitar de todo punto dél? Pues asegúrote que conmigo no tienen lugar sus ruegos, porque otra que no fuere Constanza no triunfará de mí. Amándote he de morir, y amándote viviré hasta que me salte la muerte. ¡Mira si cuando la deseo para mí, se la excusaré a tu hermana! Mejor será, amada señora mía, si no quieres que me la dé delante de tus ingratos ojos, que pues ahora tienes lugar, te duelas de mí, y me excuses tantas penas como por ti padezco.

Levantóse Constanza, oyendo esto, en pie, y en modo de burla, le dijo:

—Hagamos, señor don Jorge, un concierto; y sea que como vos me hagáis en esta placeta que está delante de mi casa, de aquí a la mañana, un jardín tan adornado de cuadros y olorosas flores, árboles y fuentes, que ni en su frescura ni belleza, ni en la diversidad de pájaros quien él haya, desdiga de los nombrados pensiles de Babilonia,[9] que Semíramis hizo sobre sus muros, yo me pondré en vuestro poder y haré por vos cuanto deseáis; y si no, que os habéis de dejar desta pretensión, otorgándome en pago el ser esposo de mi hermana, porque si no es a precio de arte imposible, no han de perder Carlos y Constanza su honor, granjeado con tanto cuidado y sustentado con tanto aumento. Éste es el precio de mi honra; manos a la labor: que a un amante tan fino como vos no hay nada imposible.

Con esto se entró donde estaba su hermana, bien descontenta del mal recado que llevaba de su pretensión, dejando a don Jorge tan desesperado, que fue milagro no quitarse la vida.

Salióse asimismo loco y perdido de casa de Constanza y con desconcertados pasos, sin mirar cómo ni por dónde iba, se fue al campo, y allí, maldiciendo su suerte y el día primero que la había visto y amado, se arrojó al pie de un árbol, ya, cuando empezaba a cerrar la noche, y allí dando tristes y lastimosos suspiros, llamándola cruel y rigurosa mujer, cercado de mortales pensamientos, vertiendo lágrimas, estuvo una pieza, unas veces dando voces como hombre sin juicio, y otras callando, se le puso, sin ver por dónde, ni cómo había venido, delante un hombre que le dijo:

—¿Qué tienes, don Jorge? ¿Por qué das voces y suspiros al viento, pudiendo remediar tu pasión de otra

---

[9] *Pensiles de Babilonia*: se refiere a los jardines colgantes de Babilonia, mandados construir por la reina Semíramis y una de las siete maravillas de la Antigüedad.

suerte? ¿Qué lágrimas femeniles son éstas? ¿No tiene más ánimo un hombre de tu valor que el que aquí muestras? ¿No echas de ver que, pues tu dama puso precio a tu pasión, que no está tan dificultoso tu remedio como piensas?

Mirándole estaba don Jorge mientras decía esto, espantado de oírle decir lo que él apenas creía que sabía nadie, y así le respondió:

—¿Y quién eres tú, que sabes lo que aun yo mismo no sé, y que asimismo me prometes remedio, cuando le hallo tan dificultoso? ¿Qué puedes tú hacer, cuando aun al Demonio es imposible?

—¿Y si yo fuese el mismo que dices —respondió el mismo que era— qué dirías? Ten ánimo, y mira qué me darás, si yo hago el jardín tan dificultoso que tu dama pide.

Juzgue cualquiera de los presentes, qué respondería un desesperado, que a trueque de alcanzar lo que deseaba, la vida y el alma tenía en poco. Y ansí le dijo:

—Pon tú el precio a lo que por mí quieres hacer, que aquí estoy presto a otorgarlo.

—Pues mándame el alma —dijo el Demonio— y hazme una cédula[10] firmada de tu mano de que será mía cuando se aparte del cuerpo, y vuélvete seguro que antes que amanezca podrás cumplir a tu dama su imposible deseo.

Amaba, noble y discreto auditorio, el mal aconsejado mozo, y así, no le fue difícil hacer cuanto el común enemigo de nuestro reposo le pedía. Prevenido venía el Demonio de todo lo necesario, de suerte

[10] *Cédula*: documento o escrito en el que se reconoce alguna deuda u obligación.

que poniéndole en la mano papel y escribanías,[11] hizo la cédula de la manera que el demonio la ordenó, y firmando sin mirar lo que hacía, ni que por precio de un desordenado apetito daba una joya tan preciada y que tanto le costó al divino Criador della. ¡Oh mal aconsejado caballero! ¡Oh loco mozo! ¿Y qué haces? ¡Mira cuánto pierdes y cuán poco ganas, que el gusto que compras se acabará en un instante, y la pena que tendrás será eternidades! Nada mira al deseo de ver a Constanza en su poder; mas él se arrepentirá cuando no tenga remedio.

Hecho esto, don Jorge se fue a su posada, y el Demonio a dar principio a su fabulosa fábrica.

Llegóse la mañana, y don Jorge, creyendo que había de ser la de su gloria, se levantó al amanecer, y vistiéndose lo más rica y costosamente que pudo, se fue a la parte donde el jardín se había de hacer, y llegando a la placeta que estaba de la casa de la bella Constanza el más contento que en su vida estuvo, viendo la más hermosa obra que jamás se vio, que a no ser mentira, como el autor della, pudiera ser recreación de cualquier monarca. Se entró dentro, y paseándose por entre sus hermosos cuadros y vistosas calles, estuvo aguardando que saliese su dama a ver cómo había cumplido su deseo.

Carlos, que, aunque la misma noche que Constanza habló con don Jorge, había venido de caza cansado, madrugó aquella mañana para acudir a un negocio que se le había ofrecido. Y como apenas fuese de día abrió una ventana que caía sobre la placeta, poniéndose a vestir en ella; y como en abriendo se le ofreciese a los ojos la máquina ordenada por el De-

---

[11] *Escribanías*: objetos para escribir.

monio para derribar la fortaleza del honor de su esposa, casi como admirado estuvo un rato, creyendo que soñaba. Mas viendo que ya que los ojos se pudieran engañar, no lo hacían los oídos, que absortos a la dulce armonía de tantos y tan diversos pajarillos como en el deleitoso jardín estaban, habiendo en el tiempo de su elevación notado la belleza dél, tantos cuadros, tan hermosos árboles, tan intrincados laberintos, vuelto como de sueño, empezó a dar voces, llamando a su esposa, y los demás de su casa, diciéndoles que se levantasen, verían la mayor maravilla que jamás se vio.

A las voces que Carlos dio, se levantó Constanza y su madre y cuantos en casa había, bien seguros de tal novedad, porque la dama ya no se acordaba de lo que había pedido a don Jorge, segura de que no lo había de hacer, y como descuidada llegase a ver qué la quería su esposo, y viese el jardín precio de su honor, tan adornado de flores y árboles, que aún le pareció que era menos lo que había pedido, según lo que le daban, pues las fuentes y hermosos cenadores, ponían espanto a quien las vía, y viese a don Jorge tan lleno de galas y bizarría pasearse por él, y en un punto considerase lo que había prometido, sin poderse tener en sus pies, vencida de un mortal desmayo, se dejó caer en el suelo, a cuyo golpe acudió su esposo y los demás, pareciéndoles que estaban encantados, según los prodigios que se vían. Y tomándola en sus brazos, como quien la amaba tiernamente, con grandísima priesa pedía que le llamasen los médicos, pareciéndole que estaba sin vida, por cuya causa su marido y hermana solenizaban con lágrimas y voces su muerte, a cuyos gritos subió mucha gente, que ya se había juntado a ver el jardín que en la placeta estaba, y entre ellos don Jorge, que luego imaginó lo que podía ser, ayudando él y todos al sentimiento que todos hacían.

Media hora estuvo la hermosa señora desta suerte, haciéndosele innumerables remedios, cuando estremeciéndose fuertemente tornó en sí, y viéndose en los brazos de su amado esposo, cercada de gente, y entre ellos a don Jorge, llorando amarga y hermosamente los ojos en Carlos, le empezó a decir así:

—Ya, señor mío, si quieres tener honra y que tus hijos la tengan y mis nobles deudos no la pierdan, sino que tú se la des, conviene que al punto me quites la vida, no porque a ti ni a ellos he ofendido, mas porque puse precio a tu honor y al suyo, sin mirar que no le tiene. Yo lo hiciera imitando a Lucrecia,[12] y aun dejándola atrás, pues si ella se mató después de haber hecho la ofensa, yo muriera sin cometerla, sólo por haberla pensado; mas soy cristiana, y no es razón que ya que sin culpa pierdo la vida y te pierdo a ti, que eres mi propia vida, pierda el alma que tanto costó al Criador della.

Más espanto dieron estas razones a Carlos que lo demás que vía, y así, le pidió que les dijese la causa por qué lo decía y lloraba con tanto sentimiento.

Entonces Constanza, aquietándose un poco, contó públicamente cuanto con don Jorge le había pasado desde que la empezó a amar, hasta el punto que estaba, añadiendo, por fin, que pues ella había pedido a don Jorge un imposible, y él le había cumplido, aunque ignoraba el modo, que en aquel caso no ha-

---

[12] *Lucrecia*: famosa mujer romana modelo de honor y castidad que se suicidó después de haber sido violada por Sexto Tarquino, hijo de Tarquino el Soberbio, último rey de Roma.

bía otro remedio sino su muerte; con la cual, dándosela su marido, como el más agraviado, tendría todo fin y don Jorge no podría tener queja della.

Viendo Carlos un caso tan extraño, considerando que por su esposa se vía en tanto aumento de riqueza, cosa que muchas veces sucede ser freno a las inclinaciones de los hombres de desigualdad, pues el que escoge mujer más rica que él ni compra mujer sino señora; de la misma suerte, como aconseja Aristóteles, no trayendo la mujer más hacienda que su virtud, procura con ella y su humildad granjear la voluntad de su dueño. Y asimismo más enamorado que jamás lo había estado de la hermosa Constanza, le dijo:

—No puedo negar, señora mía, que hicistes mal en poner precio por lo que no le tiene, pues la virtud y castidad de la mujer, no hay en el mundo con qué se pueda pagar; pues aunque os fiastes de un imposible, pudiérades considerar que no lo hay para un amante que lo es de veras, y el premio de su amor lo ha de alcanzar con hacerlos. Mas esta culpa ya la pagáis con la pena que os veo, por tanto ni os quitaré la vida ni os daré más pesadumbre de la que tenéis. El que ha de morir es Carlos, que, como desdichado, ya la fortuna, cansada de subirle, le quiere derribar. Vos prometistes dar a don Jorge el premio de su amor, si hacía este jardín. Él ha buscado modo para cumplir su palabra. Aquí no hay otro remedio sino que cumpláis la vuestra, que yo, con hacer esto que ahora veréis no os podré ser estorbo, a que vos cumpláis con vuestras obligaciones, y él goce el premio de tanto amor.

Diciendo esto sacó la espada, y fuésela a meter por los pechos, sin mirar que con tan desesperada acción perdía el alma, al tiempo que don Jorge, temiendo lo mismo que él quería hacer, había de un salto juntádose con él, y asiéndole el puño de la violenta espada, diciéndole:

—Tente, Carlos, tente.

Se la tuvo fuertemente. Así, como estaba, siguió contando cuanto con el Demonio le había pasado hasta el punto que estaba, y pasando adelante, dijo:

—No es razón que a tan noble condición como la tuya yo haga ninguna ofensa, pues sólo con ver que te quitas la vida, porque yo no muera (pues no hay muerte para mí más cruel que privarme de gozar lo que tanto quiero y tan caro me cuesta, pues he dado por precio el alma), me ha obligado de suerte, que no una, sino mil perdiera, por no ofenderte. Tu esposa está ya libre de su obligación, que yo le alzo la palabra. Goce Constanza a Carlos, y Carlos a Constanza, pues el cielo los crió tan conformes, que sólo él es el que la merece, y ella la que es digna de ser suya, y muera don Jorge, pues nació tan desdichado, que no sólo ha perdido el gusto por amar, sino la joya que le costó a Dios morir en una Cruz.

A estas últimas palabras de don Jorge, se les apareció el Demonio con la cédula en la mano, y dando voces, les dijo:

—No me habéis de vencer, aunque más hagáis; pues donde un marido, atropellando su gusto y queriendo perder la vida, se vence a sí mismo, dando licencia a su mujer para que cumpla lo que prometió; y un loco amante, obligado desto, suelta la palabra, que le cuesta no menos que el alma, como en esta cédula se ve que me hace donación della, no he de hacer menos yo que ellos. Y así, para que el mundo se admire de que en mí pudo haber virtud, toma don Jorge: ves ahí tu cédula; yo te suelto la obligación, que no quiero alma de quien tan bien se sabe vencer.

Y diciendo esto, le arrojó la cédula, y dando un grandísimo estallido, desapareció y juntamente el jardín, quedando en su lugar, un espeso y hediondo humo, que duró un grande espacio.

Al ruido que hizo, que fue tan grande que parecía hundirse la ciudad, Constanza y Teodosia, con su madre y las demás criadas, que como absortas y embelesadas habían quedado con la vista del Demonio, volvieron sobre sí, y viendo a don Jorge hincado de rodillas, dando con lágrimas gracias a Dios por la merced que le había hecho de librarle de tal peligro, creyendo, que por secretas causas, sólo a su Majestad Divina reservadas, había sucedido aquel caso, le ayudaron haciendo lo mismo.

Acabando don Jorge su devota oración, se volvió a Constanza, y le dijo:

—Ya, hermosa señora, conozco cuán acertada has andado en guardar el decoro que es justo al marido que tienes, y así, para que viva seguro de mí, pues de ti lo está y tiene tantas causas para hacerlo, después de pedirte perdón de los enfados que te he dado y de la opinión que te he quitado con mis importunas pasiones, te pido lo que tú ayer me dabas deseosa de mi bien, y yo como loco, desprecié, que es a la hermosa Teodosia por mujer; que con esto el noble Carlos quedará seguro, y esta ciudad enterada de tu valor y virtud.

En oyendo esto Constanza, se fue con los brazos abiertos a don Jorge, y echándoselos al cuello, casi juntó su hermosa boca con la frente del bien entendido mozo, que pudo por la virtud ganar lo que no pudo con el amor, diciendo:

—Este favor os doy como a hermano, siendo el primero que alcanzáis de mí cuanto ha que me amáis.

Todos ayudaban a este regocijo: unos con admiraciones, y otros con parabienes. Y ese mismo día fueron desposados don Jorge y la bella Teodosia, con general contento de cuantos llegaban a saber esta historia. Y otro día, que no quisieron dilatarlo más, se hicieron las solemnes bodas, siendo padrinos Carlos y la bella Constanza. Hiciéronse muchas fiestas en la ciudad, solemnizando el dichoso fin de tan enredado suceso, en las cuales don Jorge y Carlos se señalaron, dando muestras de su gentileza y gallardía, dando motivos a todos para tener por muy dichosas a las que los habían merecido por dueños.

Vivieron muchos años con hermosos hijos, sin que jamás se supiese que don Jorge hubiese sido el matador de Federico, hasta que después de muerto don Jorge, Teodosia contó el caso como quien tan bien lo sabía. A la cual, cuando murió, le hallaron escrita de su mano esta maravilla, dejando al fin della por premio al que dijese cuál hizo más destos tres: Carlos, don Jorge, o el Demonio, el laurel de bien entendido. Cada uno le juzgue si le quisiere ganar, que yo quiero dar aquí fin al *Jardín engañoso,* título que da el suceso referido a esta maravilla.

Dio fin la noble y discreta Laura a su maravilla, y todas aquellas damas y caballeros principio a disputar cuál había hecho más, por quedar con la opinión de discreto; y porque la bella Lisis había puesto una joya para el que acertase. Cada uno daba su razón: unos alegaban que el marido, y otros que el amante, y todos juntos, que el Demonio, por ser en él cosa nunca vista el hacer bien.

Esta opinión sustentó divinamente don Juan, llevando la joya prometida, no con pocos celos de don Diego y gloria de Lisarda, a quien la rindió al punto, dando a Lisis no pequeño pesar.

En esto entretuvieron gran parte de la noche, tanto que por no ser hora de representar la comedia, de común voto quedó para el día de la Circuncisión, que era el primero día del año, que se habían de desposar don Diego y la hermosa Lisis; y así, se fueron a las mesas que estaban puestas, y cenaron con mucho gusto, dando fin a la quinta noche, y yo a mi honesto y entretenido sarao, prometiendo si es admitido con el favor y gusto que espero, segunda parte, y en ésta el castigo de la ingratitud de don Juan, mudanza de Lisarda y boda de Lisis, si como espero, es estimado mi trabajo y agradecido mi deseo, y alabado, no mi tosco estilo, sino el deseo con que va escrito.

BALTASAR GRACIÁN

Crisi I

Introducción

El criticón, para muchos la mejor novela alegórica y filosófica de su tiempo, salió a la luz en Zaragoza en 1651 bajo el seudónimo de García de Marlones, anagrama del jesuita Gracián Morales. La segunda parte aparece en 1653 bajo el nombre de Lorenzo Gracián y la tercera, bajo el mismo nombre, en 1657.

La acción en esta novela filosófica es casi nula fuera de los tres primeros capítulos. Los dos protagonistas tienen un significado simbólico: Andrenio, el hombre salvaje, ignorante de su origen y fin, y Critilo, el hombre juicioso que encarna la razón y la experiencia; sus tres partes: "En la primavera de la niñez y en el estío de la juventud", "Juiciosa cortesana filosofía, en el otoño de la varonil edad" y "En el invierno de la vejez" describen el viaje de ambos protagonistas por la vida. La narración se inicia con Critilo, que anda buscando a su esposa Felisinda (la felicidad), náufrago cerca de la isla de Santa Elena donde es rescatado por Andrenio. Ambos inician un recorrido por el mundo que los lleva lo mismo a lugares alegóricos como la Fuente de los Engaños que a sitios reales como Madrid, Francia, que el Desierto de los Engaños, los

Alpes o el Palacio de la Embriaguez, Roma o la Cueva de la Nada o el Alcázar de los Aventureros. La novela culmina con una visión, desde una de las siete colinas de Roma de la rueda del tiempo, la fragilidad humana, la cueva de la Muerte y la Isla de la Inmortalidad a la que se llega por el camino de la virtud y el valor.

La narración discurre en un estilo cargado de conceptos con un lenguaje preciosista y una técnica que convierte imágenes en aforismos filosóficos. La obra tuvo múltiples ediciones y traducciones a las lenguas europeas durante todo el siglo XVII. El tema central de Gracián en esta obra es la prudencia que puede ser aprendida a la luz de la razón natural.

Bibliografía esencial

Batllori, Miguel, *Gracián y el Barroco*, Roma, Storia e Letteratura, 1958.

Correa Calderón, Evaristo, *Baltasar Gracián. Su vida y su obra*, Gredos, Madrid, 1966.

Senabre, Ricardo, *Gracián y "El criticón"*, Universidad de Salamanca, Salamanca, 1979.

Algunas ediciones

Baltasar Gracián, *Obras completas*, ed. de Arturo del Hoyo, Aguilar, Madrid, 1960.

—————, *El criticón*, 3 vols., ed. de Evaristo Correa Calderón, Espasa-Calpe, Madrid, 1971.

—————, *El criticón*, ed. de Santos Alonso, Cátedra, Madrid, 1984.

El criticón

Crisi[1] I

Náufrago Critilo, encuentra con Andrenio, que le da prodigiosamente razón de sí

Ya entrambos mundos habían adorado el pie a su universal Monarca el Católico Felipe.[2] Era ya Real Corona suya la mayor vuelta que el Sol gira por el uno y otro hemisferio, brillante círculo en cuyo cristalino centro yace engastada una pequeña Isla, o perla del mar, o esmeralda de la Tierra: diola nombre Augusta Emperatriz, para que ella lo fuese de las Islas, Corona del Océano. Sirve, pues, la Isla de Santa Elena, en la escala del un mundo al otro, de descanso a la portátil Europa, y ha sido siempre venta franca, mantenida de la Divina próvida clemencia, en medio de inmensos golfos, a las Católicas Flotas del Oriente.

Aquí luchando con las olas, contrastando los vientos, y más los desaires de su fortuna, mal sostenido de una tabla, solicitaba puerto un Náufrago, monstruo de la naturaleza y de la suerte, Cisne en lo ya cano, y más en lo canoro, que así exclamaba entre los fatales confines de la vida y de la muerte: Oh vida, no

---

[1] *Crisi*: Gracián utiliza esta palabra de origen griego en vez de la más común de crítica; así, “crisi primera” es crítica primera.
[2] Se refiere a Felipe IV, que ocupó el trono a partir de 1621.

habías de comenzar, pero ya que comenzaste, no habías de acabar. No hay cosa más deseada, ni más frágil, que tú eres, y el que una vez te pierde, tarde te recupera, desde hoy te estimaría como a perdida. Madrastra se mostró la naturaleza con el hombre, pues lo que le quitó de conocimiento al nacer, le restituye al morir: allí, porque no se perciben los bienes que se reciben, y aquí, porque se sienten los males que se conjuran. ¡Oh, tirano mil veces de todo el ser humano, aquel primero, que con escandalosa temeridad fió su vida en un frágil leño al inconstante elemento! Vestido dicen que tuvo el pecho de aceros, mas yo digo que revestido de hierros. En vano la superior atención separó las Naciones con los montes y los mares, si la audacia de los hombres halló puentes para trasegar su malicia. Todo cuanto inventó la industria humana ha sido perniciosamente fatal, y en daño de sí misma: la pólvora es un horrible estrago de las vidas, instrumento de su mayor ruina, y una nave no es otro que un ataúd anticipado. Parecíale a la muerte teatro angosto de sus tragedias la tierra, y buscó modo como triunfar en los mares, para que en todos elementos se muriese. ¿Qué otra grada le queda a un desdichado para padecer, después que pisa la tabla de un bajel, cadalso merecido de su atrevimiento? Con razón censuraba el Catón[3] aún de sí mismo, entre las tres necedades de su vida, el haberse embarcado por la mayor. ¡Oh, suerte!,

[3] Catón, el Censor, también conocido como Catón el Viejo (234-149 a. C.), político y escritor romano, su verdadero nombre era Marco Porcio Catón y también fue conocido como Catón el Censor. Se distinguió en su juventud como enemigo de la cultura griega y después por su odio a Cartago. Hasta su muerte, finalizó todos sus discursos con las palabras: *Delenda est Carthago* (Cartago debe ser destruida).

¡oh, cielo!, ¡oh, fortuna!, aún creería que soy algo, pues así me persigues; y cuando comienzas, no paras hasta que apuras. Válgame en esta ocasión el valer nada, para repetir de eterno.

De esta suerte hería los aires con suspiros, mientras azotaba las aguas con los brazos, acompañando la industria con Minerva. Pareció ir sobrepujando el riesgo, que a los grandes hombres, los mismos peligros, o les temen, o les respetan: la muerte a veces recela el emprenderlos, y la fortuna les va guardando los aires; perdonaron los áspides a Alcides,[4] las tempestades al César,[5] los aceros a Alejandro,[6] y las balas a Carlos Quinto.[7] Mas, ¡ay!, que como andan encadenadas las desdichas, unas a otras se introducen, y el acabarse una, es de ordinario el engendrarse otra mayor. Cuando creyó hallarse en el seguro regazo de aquella madre común, volvió de nuevo a temer, que enfurecidas las olas le arrebataran, para estrellarle en uno de aquellos escollos, duras entrañas de su fortuna. Tántalo de la tierra, huyéndosele de entre las manos cuando más segura la creía, que un desdichado no sólo no halla agua en el mar, pero ni tierra en la tierra.

Fluctuando estaba entre uno y otro elemento, equívoco entre la muerte y la vida, hecho víctima de su fortuna, cuando un gallardo joven, Ángel al parecer, y mucho más al obrar, alargó sus brazos para recogerle en ellos, amarra de un secreto imán fino de hierro, asegurándole la dicha con la vida. En saltando en tierra, selló sus labios en el suelo, logrando

---

[4] *Alcides*: nombre dado en diversas ocasiones a Hércules.

[5] Se refiere al episodio en que César sobrevive a una tempestad en una travesía por el Adriático.

[6] Alejandro Magno sobreviviendo a las espadas enemigas.

[7] Alude a la batalla de Ingolstad.

seguridades, y fijó sus ojos en el Cielo rindiendo agradecimientos. Fuese luego con los brazos abiertos para el restaurador de su vida, queriendo desempeñarse en abrazos y en razones. No le respondió palabra el que le obligó con las obras, sólo daba demostraciones de su gran gozo en lo risueño, y de su mucha admiración en lo atónito del semblante, repitió abrazos y razones el agradecido Náufrago, preguntándole de su salud y fortuna, y a nada respondía el asombrado Isleño. Fuele variando idiomas de algunos que sabía, mas en vano, pues desentendido de todo, se remitía a las extraordinarias acciones, no cesando de mirarle y de admirarle, alternando extremos de espanto y de alegría. Dudara con razón el más atento ser inculto parto de aquellas selvas si no desmintiera la sospecha lo inhabitado de la Isla, lo rubio y lacio de su cabello, lo perfilado de su rostro, que todo le sobreescribía Europeo, del traje no se podían rastrear indicios, pues era sola la librea de su inocencia. Discurrió más el discreto Náufrago, si acaso viviera destituido de aquellos dos criados en el alma, el uno de traer y el otro de llevar recados, el oír y el hablar. Desengañóle presto la experiencia, pues al menor ruido prestaba atenciones prontas, sobre el imitar con tanta propiedad los bramidos de las fieras, y los cantos de las aves, que parecía entenderse mejor con los brutos, que con las personas; tanto pueden la costumbre y la crianza. Entre aquellas bárbaras acciones rayaba como en vislumbres la vivacidad de su espíritu, trabajando el alma por mostrarse, que donde no media el artificio, toda se pervierte la naturaleza.

Crecía en ambos a la par el deseo de saberse las fortunas y las vidas, pero advirtió el entendido Náufrago que la falta de un común idioma les tiranizaba esta fruición. Es el hablar efecto grande de la racionalidad, que quien no discurre, no conversa. Habla, dijo el Filósofo, para que te conozca; comunícase el alma noblemente, produciendo conceptuosas imaginaciones de sí en la mente del que oye, que es propiamente el conversar. No están presentes los que no se tratan, ni ausentes los que por escrito se comunican. Viven los sabios varones ya pasados, y nos hablan cada día en sus eternos escritos, iluminando perennemente los venideros: participa el hablar de lo necesario y de lo gustoso, que siempre atendió la sabia naturaleza a hermanar ambas cosas en todas las funciones de la vida; consíguense con la conversación a lo gustoso, y a lo presto, las importantes noticias, y es hablar atajo único para el saber; hablando los sabios, engendran otros; y por la conversación se conduce al ánimo la sabiduría dulcemente. De aquí es que las personas no pueden estar sin algún idioma común para la necesidad, y para el gusto, que aún dos niños arrojados de industria en una Isla se inventaron lenguaje para comunicarse, y entenderse; de suerte, que es la noble conversación hija del discurso, madre del saber, desahogo del alma, comercio de los corazones, vínculo de la amistad, pasto del contento y ocupación de persona.

Conociendo esto el advertido Náufrago, emprendió luego el enseñar a hablar el inculto joven, y púdolo conseguir fácilmente, favoreciéndole la docilidad y el deseo. Comenzó por los nombres de ambos, proponiéndole el suyo, que era el de Critilo,[8] imponiéndole a él el de Andrenio,[9] que llenaron bien, el uno

---

[8] *Critilo*: quiere decir "el crítico" que sabe juzgar la verdad de las cosas y de los hombres.

[9] *Andrenio*: de la raíz griega *andros:* el hombre.

en lo juicioso y el otro en lo humano. El deseo de sacar a luz tanto concepto por toda la vida represado, y la curiosidad de saber tanta verdad ignorada, picaban la docilidad de Andrenio; ya comienza a pronunciar, ya preguntaba, ya respondía, probábale a razonar, ayudándose de palabras, y de acciones, y tal vez, lo que comenzaba la lengua, lo acababa de exprimir[10] el gesto. Fuele dando noticia de su vida a centones[11] y a remiendos, tanto más extraña, cuanto menos entendida, y muchas veces se achacaba el no acabar de percibir lo que no se acababa de creer; mas cuando ya pudo hablar seguidamente, y con igual copia de palabras, a la grandeza de sus sentimientos, obligado de las vivas instancias de Critilo, y ayudado de su industria, comenzó a satisfacerle de esta suerte:

—Yo (dijo) ni sé quién soy, ni quién me ha dado el ser, ni para qué me le dio: qué de veces, y sin voces, me lo pregunté a mí mismo, tan necio como curioso, pues si el preguntar comienza en el ignorar, mal pudiera yo responderme. Argüíame tal vez, para ver si empeñado me excedería a mí mismo. Duplicábame, aún no bien singular, por ver si apartado de mi ignorancia podría dar alcance a mis deseos. Tú, Critilo, me preguntas quién yo soy, y yo deseo saberlo de ti. Tú eres el primer hombre que hasta hoy he visto, y en ti me hallo retratado más al vivo que en los mudos cristales de una fuente, que muchas veces mi curiosidad solicitaba y mi ignorancia aplaudía. Mas si quieres saber el material suceso de mi vida, yo te lo referiré, que es más prodigioso que prolijo.

---

[10] *Exprimir*: en la época significaba expresar.

[11] *Centones*: se les llamaba así a las mantas gruesas que cubrían las máquinas de guerra, las cuales estaban llenas de remiendos. Después pasó a significar cosa compuesta de muchas partes.

La vez primera que me reconocí y pude hacer concepto de mí mismo, me hallé encerrado dentro de las entrañas de aquel monte, que entre los demás se descuella, que aún entre peñascos debe ser estimada la eminencia. Allí me ministró el primer sustento una de éstas, que tú llamas fieras, y yo llamaba madre, creyendo siempre ser ella la que me había parido, y dado el ser que tengo, corrido lo refiero de mí mismo.

—Muy propio es (dijo Critilo) de la ignorancia pueril el llamar a todos los hombres padres, y a todas las mujeres madres: y del modo que tú hasta a una bestia tenías por tal, creyendo la maternidad en la beneficencia, así el mundo, en aquella su ignorante infancia, a cualquier criatura su bienhechora llamaba padre, y aún le aclamaba Dios.

—Así yo (prosiguió Andrenio) creí madrc la quc me alimentaba fiera a sus pechos, me crié entre aquellos sus hijuelos, que yo tenía por hermanos, hecho bruto entre los brutos, ya jugando y ya durmiendo. Diome leche diversas veces que parió; partiendo conmigo de la caza y de las frutas, que para ellos traía. A los principios, no sentía tanto aquel penoso encerramiento, antes con las interiores tinieblas del ánimo desmentía las exteriores del cuerpo, y con la falta de conocimiento disimulaba la carencia de la luz, si bien algunas veces brujuleaba unas confusas vislumbres, que dispensaba el Cielo a tiempos, por lo más alto de aquella infausta caverna.

“Pero llegando a cierto término de crecer, y de vivir, me salteó de repente un tan extraordinario ímpetu de conocimiento, un tan grande golpe de luz, y de advertencia, que revolviendo sobre mí, comencé a reconocerme, haciendo una y otra reflexión sobre mi propio ser. ¿Qué es esto, decía, soy o no soy? Pero pues vivo, pues conozco, y advierto, ser tengo. Mas si soy, ¿quién soy yo? ¿Quién me ha dado este ser y para qué me lo ha dado? Para estar aquí metido, grande infelicidad sería. Soy bruto como éstos. Pero no, que observo entre ellos y entre mis palpables diferencias; ellos están vestidos de pieles, yo desabrigado, menos favorecido de quien nos dio el ser, también experimento en mí todo el cuerpo muy de otra suerte proporcionado que en ellos: yo río, y yo lloro, cuando ellos aúllan; yo camino derecho, levantado el rostro hacia lo alto, cuando ellos se mueven torcidos e inclinados hacia el suelo. Todas éstas son bien conocidas diferencias, y todas las observaba mi curiosidad y las confería mi atención conmigo mismo. Crecía cada día el deseo de salir de allí, el conato de ver y saber, si en todos natural y grande, en mí, como violentado, insufrible; pero lo que más me atormentaba, era ver que aquellos brutos, mis compañeros, con extraña ligereza trepaban por aquellas enhiestas paredes, entrando y saliendo cuan libremente querían, y que para mí fuesen inaccesibles, sintiendo con igual ponderación, que aquel gran don de la libertad, a mí solo se me negase. Probé muchas veces a seguir aquellos brutos, arañando los peñascos, que pudieran ablandarse con la sangre que de mis dedos corría; valíame también de los dientes, pero todo en vano, y con daño, pues era cierto el caer en el suelo, regado con mis lágrimas y teñido en mi sangre. A mis voces, y a mis llantos, acudían enternecidas las fieras cargadas de frutas y de caza, con que se templaba en algo mi sentimiento, y me desquitaba en parte de mis penas. ¡Qué de soliloquios hacía tan interiores, que aún este alivio del habla exterior me faltaba; qué de dificultades y de dudas trataban entre sí mi observación, y mi curiosidad, que todas se resolvían en admiraciones y en penas! Era para mí un repetido tormento el confuso ruido de estos mares, cuyas olas más rompían en mi corazón, que en esas peñas. Pues qué diré, cuando sentía el horrísono fragor de los nublados y sus truenos; ellos se resolvían en lluvia, pero mis ojos en llanto. Lo que llegó ya a ser ansia de reventar, y agonía de morir, era que a un tiempo, aunque para mí de tarde en tarde, percibía acá afuera unas voces como la tuya al comenzar con grande confusión y estruendo; pero después poco a poco más distintas, que naturalmente me alborozaban, y se me quedaban muy impresas en el ánimo, bien advertía yo que eran muy diferentes de las de los brutos, que de ordinario oía, y el deseo de ver, y de saber quién era el que las formaba, y no poder conseguirlo, me traía a extremos de morir. Poco era lo que unas y otras veces percibía, pero discurríalo tan mucho como despacio. Una cosa puedo asegurarte, que con haber imaginado muchas veces, y de mil modos, lo que habría acá fuera; el modo, la disposición, la traza, el sitio, la variedad y máquina de cosas, según lo que yo había concebido, jamás di en el modo, ni atiné con el orden, variedad y grandeza de esta gran fábrica que vemos y admiramos.

—¿Qué mucho (dijo Critilo), pues si aunque todos los entendimientos de los hombres, que ha habido, ni habrá, se juntaran antes a trazar esta gran máquina del mundo, y se les consultara cómo había de ser, jamás pudieran acertar a disponerlas?; ¿qué digo el Universo? La más mínima flor, un mosquito, no supieran formarlo. Sola la infinita Sabiduría de aquel supremo Hacedor pudo hallar el modo, el orden, el concierto de tan hermosa y perenne variedad. Pero dime, que deseo mucho saberlo de ti, y oírtelo contar, ¿cómo pudiste salir de aquella tu penosa cárcel, de aquella sepultura anticipada de tu cueva? Y sobre todo, si es posible el exprimirlo, ¿cuál fue el sentimiento de tu admirado espíritu, aquella primera vez que llegaste a descubrir, a ver, a gozar y admirar este plausible teatro del Universo?

—Aguarda (dijo Andrenio), que aquí es menester tomar aliento para relación tan gustosa y peregrina.

Sor Juana Inés de la Cruz

Respuesta a Sor Filotea de la Cruz

Introducción

En 1690, Manuel Fernández de Santa Cruz, obispo de Puebla, publica la *Carta Atenagórica* (esto es digna de la sabiduría de Atenea) en la cual Sor Juana cuestiona un sermón del jesuita portugués Antonio Vieyra sobre el amor de Dios, precedida por la *Carta de Sor Filotea,* nombre bajo el cual se disimula el dignatario eclesiástico, en la que conmina a Sor Juana a dejar sus escritos profanos y abrazar los religiosos, en lo que se puede entender como el inicio de la presión que probablemente la obligó a abandonar la actividad literaria. Justamente célebre es la *Respuesta a Sor Filotea* (fechada en marzo de 1691), contestación a la Carta del obispo de Santa Cruz; obra que en su momento debió haber circulado en forma manuscrita y que fue publicada por vez primera en la *Fama y obras póstumas,* en 1700. La respuesta es, además de una autobiografía intelectual, un brillante alegato del derecho y la capacidad femenina para expresarse libremente. Se trata también de un texto de gran importancia por tratarse de una visión personal sobre la vida intelectual, sus objetivos y desengaños.

En la primera parte de la *Respuesta,* Sor Juana narra la historia de su afición a la lectura y al estudio, así como la dificultad de estudiar sin un maestro. La ultima sección de la respuesta, por el contrario, no es narrativa sino exclusivamente discursiva y apologética con un catálogo de mujeres ejemplares de distintas épocas.

La *Respuesta,* junto con el *Primero sueño* (1685) y el *Neptuno alegórico* (1680), son los tres textos de la monja jerónima más intelectuales y que proyectan simultáneamente tanto su erudición y maestría literaria como una visión muy personal del papel del pensador, de la mujer y del complejo funcionamiento de la sociedad de su tiempo.

Bibliografía esencial

Bénnasy-Berling, Marie-Cécile, *Humanismo y religión en Sor Juana Inés de la Cruz,* UNAM, México, 1983.

Paz, Octavio, *Sor Juana Inés de la Cruz, o Las trampas de la fe,* FCE, México, 1982.

Algunas ediciones

Sor Juana Inés de la Cruz, *Obras completas,* t. IV, ed. de Alberto G. Salceda, FCE, México, 1957.

————————————, *Obras selectas,* ed. de Georgina Sabat de Rivers y Elias Rivers, Noguer, Barcelona, 1976.

Respuesta a Sor Filotea de la Cruz

Muy ilustre Señora, mi Señora: No mi voluntad, mi poca salud y mi justo temor han suspendido tantos días mi respuesta. ¿Qué mucho si, al primer paso, encontraba para tropezar mi torpe pluma dos imposibles? El primero (y para mí el más riguroso) es saber responder a vuestra doctísima, discretísima, santísima y amorosísima carta. Y si veo que preguntado el Ángel de las Escuelas, Santo Tomás,[1] de su silencio con Alberto Magno,[2] su maestro, respondió que callaba porque nada sabía decir digno de Alberto, con cuánta mayor razón callaría, no como el Santo, de humildad, sino que en la realidad es no saber algo digno de vos. El segundo imposible es saber agradeceros tan excesivo como no esperado favor, de dar a las pren-

[1] *Santo Tomás*: Santo Tomás de Aquino (1225-1274), a veces llamado "doctor angélico"; es la figura más importante de la filosofía escolástica y uno de los teólogos sobresalientes del catolicismo.

[2] *Alberto Magno*: San Alberto Magno (c. 1200-1280), filósofo alemán y Doctor de la Iglesia, también conocido como "doctor universal" a causa de su profundo interés por las ciencias naturales.

sas mis borrones: merced tan sin medida que aun se le pasara por alto a la esperanza más ambiciosa y al deseo más fantástico; y que ni aun como ente de razón pudiera caber en mis pensamientos; y en fin, de tal magnitud que no sólo no se puede estrechar a lo limitado de las voces, pero excede a la capacidad del agradecimiento, tanto por grande como por no esperado, que es lo que dijo Quintiliano:[3] *Minorem spei, maiorem benefacti gloriam pereunt.*[4] Y tal, que enmudecen al beneficiado.

Cuando la felizmente estéril para ser milagrosamente fecunda, madre del Bautista[5] vio en su casa tan desproporcionada visita como la Madre del Verbo, se le entorpeció el entendimiento y se le suspendió el discurso; y así, en vez de agradecimientos, prorrumpió en dudas y preguntas: *Et unde hoc mihi?* ¿De dónde a mí viene tal cosa? Lo mismo sucedió a Saúl[6] cuando se vio electo y ungido rey de Israel: *Numquid non filius Iemini ego sum de minima tribu Israel, et cognatio mea novissima inter omnes de tribu Benjamin? Quare igitur locutus es mihi sermonem istum?*[7] Así yo diré: ¿de dónde, venerable Señora, de dónde a mí tanto favor? ¿Por

---

[3] *Quintiliano*: probablemente el más famoso retórico romano (35-95), autor de la *Institutio oratoria* que contiene una influyente teoría pedagógica.

[4] *Minorem spei, maiorem benefacti gloriam pereunt*: Menor gloria producen las esperanzas, mayor los beneficios.

[5] *Madre del Bautista*: santa Isabel, madre de San Juan Bautista.

[6] *Saúl*: primer rey de Israel en el siglo XI a.C.

[7] *Numquid non filius Iemini ego sum de minima tribu Israel, et cognatio mea novissima inter omnes de tribu Beniamin? Quare igitur locutus es mihi sermonem istum?*: ¿Acaso no soy yo hijo de Jémini, de la más pequeña tribu de Israel, y mi familia no es la última de todas las familias de la tribu de Benjamín? ¿Por qué, pues, me has hablado estas palabras?

ventura soy más que una pobre monja, la más mínima criatura del mundo y la más indigna de ocupar vuestra atención? Pues *quare locutus es mihi sermonem istum? Et unde hoc mihi?*[8]

Ni al primer imposible tengo más que responder que no ser nada digno de vuestros ojos; ni al segundo más que admiraciones, en vez de gracias, diciendo que no soy capaz de agradeceros la más mínima parte de lo que os debo. No es afectada modestia, Señora, sino ingenua verdad de toda mi alma, que al llegar a mis manos, impresa, la carta que vuestra propiedad llamó Atenagórica, prorrumpí (con no ser esto en mí muy fácil) en lágrimas de confusión, porque me pareció que vuestro favor no era más que una reconvención que Dios hace a lo mal que le correspondo; y que como a otros corrige con castigos, a mí me quiere reducir a fuerza de beneficios. Especial favor de que conozco ser su deudora, como de otros infinitos de su inmensa bondad; pero también especial modo de avergonzarme y confundirme: que es más primoroso medio de castigar hacer que yo misma, con mi conocimiento, sea el juez que me sentencie y condene mi ingratitud. Y así, cuando esto considero acá a mi solas, suelo decir: bendito seáis vos, Señor, que no sólo no quisisteis en manos de otra criatura el juzgarme, y que ni aun en la mía lo pusisteis, sino que lo reservasteis a la vuestra, y me librasteis a mí de mí y de la sentencia que yo misma me daría —que, forzada de mi propio convencimiento, no pudiera ser menos que de condenación—, y vos la reservasteis a vuestra misericordia, porque me amáis más de lo que yo puedo amar.

---

[8]*Quare locutus es mihi sermonem istum? Et unde hoc mihi?*: ¿Porqué me ha hablado con estas palabras? ¿Y de dónde me viene esto a mí?

Perdonad, Señora mía, la digresión que me arrebató la fuerza de la verdad; y si la he de confesar toda, también es buscar efugios para huir la dificultad de responder, y casi me he determinado a dejarlo al silencio; pero como éste es cosa negativa, aunque explica mucho con el énfasis de no explicar, es necesario ponerle algún breve rótulo para que se entienda lo que se pretende que el silencio diga; y si no, dirá nada el silencio, porque ése es su propio oficio: decir nada. Fue arrebatado el Sagrado Vaso de Elección al tercer Cielo, y habiendo visto los arcanos secretos de Dios dice: *Audivit arcana Dei, quae non licet homini loqui.*[9] No dice lo que vio, pero dice que no lo puede decir; de manera que aquellas cosas que no se pueden decir, es menester decir siquiera que no se pueden decir, para que se entienda que el callar no es no haber qué decir, sino no caber en las voces lo mucho que hay qué decir. Dice San Juan que si hubiera de escribir todas las maravillas que obró nuestro Redentor, no cupieran en todo el mundo los libros; y dice Vieyra,[10] sobre este lugar, que en sola esta cláusula dijo más el Evangelista que en todo cuanto escribió; y dice muy bien el Fénix Lusitano (pero ¿cuándo no dice bien, aún cuando no dice bien?), porque que aquí dice San Juan todo lo que dejó de decir y expresó lo que dejó de expresar. Así, yo, Señora mía, sólo responderé que no sé qué responder; sólo agradeceré diciendo que no soy capaz de agradeceros; y diré, por breve rótulo de lo que dejo al silencio, que sólo con

---

[9] *Audivit arcana Dei, quae non licet homini loqui*: Oyó secretos de Dios, que al hombre no le es lícito hablar.
[10] *Vieyra*: Antonio Vieyra (1608-1697), destacado predicador jesuita portugués.

la confianza de favorecida y con los valimientos de honrada, me puedo atrever a hablar con vuestra grandeza. Si fuere necedad, perdonadla, pues es alhaja de la dicha y en ella ministraré yo más materia a vuestra benignidad y vos daréis mayor forma a mi reconocimiento.

No se hallaba digno Moisés, por balbuciente, para hablar con Faraón, y, después, el verse tan favorecido de Dios, le infunde tales alientos, que no sólo habla con el mismo Dios, sino que se atreve a pedirle imposibles: *Ostende mihi faciem tuam.*[11] Pues así yo, Señora mía, ya no me parecen imposibles los que puse al principio, a vista de lo que me favorecéis; porque quien hizo imprimir la Carta tan sin noticia mía, quien la intituló, quien la costeó, quien la honró tanto (siendo de todo indigna por sí y por su autora), ¿qué no hará?, ¿qué no perdonará?, ¿qué dejará de hacer y qué dejará de perdonar? Y así, debajo del supuesto de que hablo con el salvoconducto de vuestros favores y debajo del seguro de vuestra benignidad, y de que me habéis, como otro Asuero,[12] dado a besar la punta del cetro de oro de vuestro cariño en señal de concederme benévola licencia para hablar y proponer en vuestra venerable presencia, digo que recibo en mi alma vuestra santísima amonestación de aplicar el estudio a Libros Sagrados, que aunque viene en traje de consejo, tendrá para mí sustancia de precepto; con un pequeño consuelo de que aún antes parece que prevenía mi obediencia vuestra pastoral insinuación, como a vuestra dirección, inferido del asunto y pruebas de la misma Carta. Bien conoz-

[11] *Ostende mihi faciem tuam*: Muéstrame tu rostro.

[12] *Asuero*: forma hebrea del nombre Jerjes, rey persa que se casó con la hermosa Ester.

co que no cae sobre ella vuestra cuerdísima advertencia, sino sobre lo mucho que habréis visto de asuntos humanos que he escrito; y así, lo que he dicho no es más que satisfaceros con ella a la falta de aplicación que habréis inferido (con mucha razón) de otros escritos míos. Y hablando con más especialidad os confieso, con la ingenuidad que ante vos es debida y con la verdad y claridad que en mí siempre es natural y costumbre, que el no haber escrito mucho de asuntos sagrados no ha sido desafición, ni de aplicación la falta, sino sobra de temor y reverencia debida a aquellas Sagradas Letras, para cuya inteligencia yo me conozco tan incapaz y para cuyo manejo soy tan indigna; resonándome siempre en los oídos, con no pequeño horror, aquella amenaza y prohibición del Señor de los pecadores como yo: *Quare tu enarras iustitias meas, et assumis testamentum meum per os tuum?*[13] Esta pregunta y el ver que aun a los varones doctos se prohibía el leer los Cantares hasta que pasaban de treinta años, y aun el Génesis: éste por su oscuridad, y aquéllos porque de la dulzura de aquellos epitalamios no tomase ocasión la imprudente juventud de mudar el sentido en carnales afectos. Compruébalo mi gran Padre San Jerónimo,[14] mandando que sea esto lo último que se estudie, por la misma razón: *Ad ultimum sine periculo discat Canticum Canticorum, ne si in exordio legerit, sub carnalibus verbis spiritualium nuptiarum Epithalanium non intelligens,*

---

[13] *Quare tu enarras iustitias meas, et assumis testamentum meum per os tuum?*: ¿Por qué hablas tú de mis mandamientos, y tomas mi testamento en tu boca?
[14] *San Jerónimo*: (345-419) erudito bíblico, padre y doctor de la Iglesia.

vulneretur;[15] y Séneca[16] dice: *Teneris in annis haut clara est fides.*[17] Pues ¿cómo me atreviera yo a tomarlo en mis indignas manos, repugnándolo el sexo, la edad y sobre todo las costumbres? Y así confieso que muchas veces este temor me ha quitado la pluma de la mano y ha hecho retroceder los asuntos hacia el mismo entendimiento de quien querían brotar: el cual inconveniente no topaba en los asuntos profanos, pues una herejía contra el arte no la castigaba el Santo Oficio, sino los discretos con risa y los críticos con censura; y ésta, *iusta vel iniusta, timenda non est,*[18] pues deja comulgar y oír misa, por lo cual me da poco o ningún cuidado; porque, según la misma decisión de los que lo calumnian, ni tengo obligación para saber ni aptitud para acertar; luego, si lo yerro, ni es culpa ni es descrédito. No es culpa, porque no tengo obligación; no es descrédito, pues no tengo posibilidad de acertar, y *ad impossibilia nemo tenetur.*[19] Y, a la verdad, yo nunca he escrito sino violentada y forzada y sólo por dar gusto a otros; no sólo sin complacencia, sino con positiva repugnancia,

---

[15] *Ad ultimum sine periculo discat Canticum Canticorum, ne si in exordio legerit, sub carnalibus verbis spiritualium nuptiarum Epithalamium non intelligens, vulneretur*: Al último lea, sin peligro, el Cantar de los Cantares, no sea que si lo lee a los principios, no entendiendo el epitalamio de las espirituales bodas bajo las palabras carnales, padezca daño.

[16] *Séneca*: (345-419) filósofo y dramaturgo romano muy influenciado por el estoicismo.

[17] *Teneris in annis haut clara est fides*: En los tiernos años no es clara la fe.

[18] *Iusta vel iniusta, timenda non est*: Justa o injusta no hay por qué temerla.

[19] *Ad impossibilia nemo tenetur*: A lo imposible nadie está obligado.

porque nunca he juzgado de mí que tenga el caudal de letras e ingenio que pide la obligación de quien escribe; y así, es la ordinaria respuesta a los que me instan, y más si es asunto sagrado: ¿Qué entendimiento tengo yo, qué estudio, qué materiales ni qué noticias para eso, sino cuatro bachillerías superficiales? Dejen eso para quien lo entienda, que yo no quiero ruido con el Santo Oficio, que soy ignorante y tiemblo de decir alguna proposición mal sonante o torcer la genuina inteligencia de algún lugar. Yo no estudio para escribir, ni menos para enseñar (que fuera en mí desmedida soberbia), sino sólo por ver si con estudiar ignoro menos.

Así lo respondo y así lo siento. El escribir nunca ha sido dictamen propio, sino fuerza ajena; que les pudiera decir con verdad: Vos me coegistis.[20] Lo que sí es verdad que no negaré (lo uno porque es notorio a todos, y lo otro porque, aunque sea contra mí me ha hecho Dios la merced de darme grandísimo amor a la verdad) que desde que me rayó la primera luz de la razón, fue tan vehemente y poderosa la inclinación a las letras, que ni ajenas reprensiones —que he tenido muchas—, ni propias reflejas —que he hecho no pocas—, han bastado a que deje de seguir este natural impulso que Dios puso en mí: Su Majestad sabe por qué y para qué; y sabe que le he pedido que apague la luz de mi entendimiento dejando sólo lo que baste para guardar su Ley, pues lo demás sobra, según algunos, en una mujer: y aún hay quien diga que daña. Sabe también Su Majestad que no consiguiendo esto, he intentado sepultar con mi nombre mi entendimiento, y sacrificársele sólo a quien

[20] *Vos me coegistis*: Vosotros me obligasteis.

me le dio; y que no otro motivo me entró en religión, no obstante que al desembarazo y quietud que pedía mi estudiosa intención eran repugnantes los ejercicios y compañía de una comunidad; y después, en ella, sabe el Señor y lo sabe en el mundo quien sólo lo debió saber, lo que intenté en orden a esconder mi nombre, y que no me lo permitió, diciendo que era tentación; y sí sería yo pudiera pagaros algo que os debo, Señora mía, creo que sólo os pagará en contaros esto, pues no ha salido de mi boca jamás, excepto para quien debió salir. Pero quiero que con haberos franqueado de par en par las puertas de mi corazón, haciéndoos patentes sus más sellados secretos, conozcáis que no desdice de mi confianza lo que debo a vuestra venerable persona y excesivos favores.

Prosiguiendo en la narración de mi inclinación, de que os quiero dar entera noticia, digo que no había cumplido los tres años de mi edad cuando enviando mi madre a una hermana mía, mayor que yo, a que se enseñase a leer en una de las que llaman Amigas, me llevó a mí tras ella el cariño y la travesura; y viendo que le daban lección, me encendí yo de manera en el deseo de saber leer, que engañando, a mi parecer, a la maestra, la dije que mi madre ordenaba me diese lección. Ella no lo creyó, porque no era creíble; pero, por complacer al donaire, me la dio. Proseguí yo en ir y ella prosiguió en enseñarme, ya no de burlas, porque la desengañó la experiencia; y supe leer en tan breve tiempo, que ya sabía cuando lo supo mi madre, a quien la maestra lo ocultó por darle el gusto por entero y recibir el galardón por junto; y yo lo callé, creyendo que me azotarían por haberlo hecho sin orden. Aún vive la que me enseñó (Dios la guarde) y puede testificarlo.

Acuérdome que en estos tiempos, siendo mi golosina la que es ordinaria en aquella edad, me abstenía de comer queso,[21] porque oí decir que hacía rudos, y podía conmigo más el deseo de saber que el de comer, siendo éste tan poderoso en los niños. Teniendo yo después como seis o siete años, y sabiendo ya leer y escribir, con todas las otras habilidades de labores y costuras que deprenden las mujeres, oí decir que había Universidad y Escuelas en que se estudiaban las ciencias, en Méjico; y apenas lo oí cuando empecé a matar a mi madre con instantes e importunos ruegos sobre que, mudándome el traje, me enviase a Méjico, en casa de unos deudos que tenía, para estudiar y cursar la Universidad; ella no quiso hacer, e hizo muy bien, pero yo despiqué el deseo en leer muchos libros varios que tenía mi abuelo, sin que bastasen castigos y represiones a estorbarlo; de manera que cuando vine a Méjico, se admiraban, no tanto del ingenio, cuanto de la memoria y noticias que tenía en edad que parecía que apenas había tenido tiempo para aprender a hablar.

Empecé a deprender gramática, en que creo no llegaron a veinte las lecciones que tomé; y era tan intenso mi cuidado, que siendo así que en las mujeres —y más en tan florida juventud— es tan apreciable el adorno natural del cabello, yo me cortaba de él cuatro o seis dedos, midiendo hasta donde llegaba antes, e imponiéndome ley de que si cuando volviese a crecer hasta allí no sabía tal o tal cosa que me había propuesto depender en tanto que crecía, me lo había de volver a cortar en pena de la rudeza. Sucedía

---

[21] *Comer queso*: creencia popular que el queso embota el entendimiento.

así que él crecía y yo no sabía lo propuesto, porque el pelo crecía aprisa y yo aprendía despacio, y con efecto le cortaba en pena de la rudeza: que no me parecía razón que estuviese vestida de cabellos cabeza que estaba tan desnuda de noticias, que era más apetecible adorno. Entréme religiosa porque aunque conocía que tenía el estado cosas (de las accesorias hablo, no de las formales), muchas repugnantes a mi genio, con todo, para la total negación que tenía al matrimonio, era lo menos desproporcionado y lo más decente que podía elegir en materia de la seguridad que deseaba de mi salvación; a cuyo primer respeto (como al fin más importante) se dieron y sujetaron la cerviz todas las impertinencillas de mi genio, que eran de querer vivir sola; de no querer tener ocupación obligatoria que embarazase la libertad de mi estudio, ni rumor de comunidad que impidiese el sosegado silencio de mis libros. Esto me hizo vacilar algo en la determinación, hasta que alumbrándome personas doctas de que era tentación, la vencí con el favor divino, y tomé el estado que tan indignamente tengo. Pensé yo que huía de mí misma, pero ¡miserable de mí! trájeme a mí conmigo y traje mi mayor enemigo en esta inclinación, que no sé determinar si por prenda o castigo me dio el Cielo, pues de apagarse o embarazarse con tanto ejercicio que la religión tiene, reventaba como pólvora, y se verificaba en mí el *privatio est causa appetitus.*[22]

Volví (mal dije, pues nunca cesé); proseguí, digo a la estudiosa tarea (que para mí era descanso en todos los ratos que sobraban a mi obligación) de leer y más leer, de estudiar y más estudiar, sin más maes-

[22] *Privatio est causa appetitus*: la privación es causa del apetito.

tro que los mismos libros. Ya se ve cuán duro es estudiar en aquellos caracteres sin alma, careciendo de la voz viva y explicación del maestro; pues todo este trabajo sufría yo muy gustosa por amor de las letras. ¡Oh, si hubiese sido por amor de Dios, que era lo acertado, cuánto hubiera merecido! Bien que yo procuraba elevarlo cuanto podía y dirigirlo a su servicio, porque el fin a que aspiraba era a estudiar Teología, pareciéndome menguada inhabilidad, siendo católica, no saber todo lo que en esta vida se puede alcanzar, por medios naturales, de los divinos misterios; y que siendo monja y no seglar debía, por el estado eclesiástico, profesar letras; y más siendo hija de San Jerónimo y de una Santa Paula,[23] que era de generar de tan doctos padres ser idiota la hija. Esto me proponía yo de mí misma y me parecía razón; si no es que era (y eso es lo más cierto) lisonjear y aplaudir a mi propia inclinación, proponiéndola como obligatorio su propio gusto.

Con esto proseguí, dirigiendo siempre, como he dicho, los pasos de mi estudio a la cumbre de la Sagrada Teología; pareciéndome preciso, para llegar a ella, subir por los escalones de las ciencias y artes humanas; porque ¿cómo entenderá el estilo de la Reina de las Ciencias quien aún no sabe el de las ancilas?[24] ¿Cómo sin Lógica sabría yo los métodos generales y particulares con que está escrita la Sagrada Escritura? ¿Cómo sin Retórica entendería sus figuras, tropos y locuciones? ¿Cómo sin Física, tantas cuestiones naturales de las naturalezas de los animales de los sacri-

---

[23] *Santa Paula*: discípula de San Jerónimo y patrona del convento de Sor Juana.

[24] *Ancilas*: criadas.

ficios, donde se simbolizan tantas cosas ya declaradas, y otras muchas que hay? ¿Cómo si el sanar Saúl al sonido del arpa de David fue virtud y fuerza natural de la música, o sobrenatural que Dios quiso poner en David? ¿Cómo sin aritmética se podrán entender tantos cómputos de años, de días, de meses, de horas, de hebdómadas[25] tan misteriosas como las de Daniel, y otras para cuya inteligencia es necesario saber las naturalezas, concordancias y propiedades de los números? ¿Cómo sin Geometría se podrán medir el Arca Santa del Testamento y la Ciudad Santa de Jerusalén, cuyas misteriosas mensuras hacen un cubo con todas sus dimensiones, y aquel repartimiento proporcional de todas sus partes tan maravilloso? ¿Cómo sin Arquitectura, el gran Templo de Salomón, donde fue el mismo Dios el artífice que dio la disposición y la traza, y el Sabio Rey sólo fue sobrestante que la ejecutó; donde no había basa sin misterio, columna sin símbolo, cornisa sin alusión, arquitrabe sin significado; y así de otras sus partes, sin que el más mínimo filete estuviese sólo por el servicio y complemento del Arte, sino simbolizando cosas mayores? ¿Cómo sin grande conocimiento de reglas y partes de que consta la Historia se entenderán los libros historiales? Aquellas recapitulaciones en que muchas veces se pospone en la narración lo que en el hecho sucedió primero. ¿Cómo sin grande noticia de ambos Derechos podrán entenderse los libros legales? ¿Cómo sin grande erudición tantas cosas de historias profanas, de que hace mención la Sagrada Escritura; tantas costumbres de gentiles, tantos ritos, tantas maneras de hablar? ¿Cómo sin muchas reglas y lección de Santos Padres

[25] *Hebdómadas*: semanas.

se podrá entender la oscura locución de los Profetas? Pues sin ser muy perito en la Música, ¿cómo se entenderán aquellas proposiciones musicales y sus primores que hay en tantos lugares, especialmente en aquellas peticiones que hizo a Dios Abraham, por las ciudades, de que si perdonaría habiendo cincuenta justos, y de este número bajo a cuarenta y cinco, que es sesquinona[26] y es como de mi a re; de aquí a cuarenta, que es sesquioctava y es como de re a mi; de aquí a treinta, que es sesquitercia, que es la del diatesarón;[27] de aquí a veinte, que es la proporción sesquiáltera, que es la del diapente; de aquí a diez, que es la dupla, que es el diapasón; y como no hay más proporciones armónicas no pasó de ahí? Pues ¿cómo se podrá entender esto sin música? Allá en el libro de Job le dice Dios: *Numquid coniungere valebis micantes stellas Pleiadas, aut gyrum Arcturi poteris dissipare? Numquid producis Luciferum in tempore suo, et Vesperum super filios terrae consurgere facis?*,[28] cuyos términos, sin noticia de Astrología, será imposible entender. Y no sólo estas nobles ciencias; pero no hay arte mecánica que no se mencione. Y en fin, como el Libro que comprende todos los libros, y la ciencia en que se incluyen todas las ciencias, para cuya inteligencia todas sirven; y después de saberlas

---

[25] *Sesquinona*: la proporción 1 1/9.

[27] *Diatesarón*: terminología musical que quiere decir intervalo de cuarta.

[28] *Numquid coniungere valebis micantes stellas Pleiadas, aut gyrum Arcturi poteris dissipare? Numquid producis Luciferum in tempore suo, et Vesperum super filios terrae consurgere facis?*: ¿Podrás acaso juntar las brillantes estrellas de las Pléyades o podrás detener el giro de Arturo? ¿Eres tú acaso el que haces comparecer a su tiempo el Lucero o que se levante el Véspero sobre los hijos de la tierra?

todas (que ya se ve que no es fácil, ni aun posible) pide otra circunstancia más que todo lo dicho, que es una continua oración y pureza de vida, para impetrar de Dios aquella purgación de ánimo e iluminación de mente que es menester para la inteligencia de cosas tan altas; y si esto falta, nada sirve de lo demás.

Del Angélico Doctor Santo Tomás dice la Iglesia estas palabras: *In difficultatibus locorum Sacrae Scripturae ad orationem ieiunium adhibebat. Quin etiam sodali suo Fratri Reginaldo dicere solebat, quidquid sciret, non tam studio, aut labore suo peperisse, quam divinitus traditum accepisse.*[29] Pues yo, tan distante de la virtud y las letras, ¿cómo había de tener ánimo para escribir? Y así por tener algunos principios granjeados, estudiaba continuamente diversas cosas, sin tener para alguna particular inclinación, sino para todas en general; por lo cual, el haber estudiado en unas más que en otras, no ha sido en mí elección, sino que el acaso de haber topado más a mano libros de aquellas facultades les ha dado, sin arbitrio mío, la preferencia. Y como no tenía interés que me moviese, ni límite de tiempo que me estrechase el continuado estudio de una cosa por la necesidad de los grados, casi a un tiempo estudiaba diversas cosas o dejaba unas por otras: bien que en eso observaba orden, porque a unas llamaba estudio

---

[29] *In difficultatibus locorum Sacrae Scripturae ad orationem ieiunium adhibebat. Quin etiam sodali suo Fratri Reginaldo dicere solebat, quidquid sciret, non tam studio, aut labore suo peperisse, quam divinitus traditum accepisse*: En los lugares difíciles de la sagrada Escritura, a la oración juntaba el ayuno. Y solía decir a su compañero Fray Reginaldo que todo lo que sabía, no tanto lo debía al estudio y al trabajo, sino que lo había recibido de Dios.

y a otras diversión; y en éstas descansaba de las otras: de donde se sigue que he estudiado muchas cosas y nada sé, porque las unas han embarazado a las otras. Es verdad que esto digo de la parte práctica en las que la tienen, porque claro está que mientras se mueve la pluma descansa el compás y mientras se toca el arpa sosiega el órgano, *et sic de caeteris;*[30] porque como es menester mucho uso corporal para adquirir hábito, nunca le puede tener perfecto quien se reparte en varios ejercicios; pero en lo formal y especulativo sucede al contrario, y quisiera yo persuadir a todos con mi experiencia a que no sólo no estorban, pero se ayudan dando luz y abriendo camino las unas para las otras, por variaciones y ocultos engarces —que para esta cadena universal les puso la sabiduría de su Autor—, de manera que parece se corresponden y están unidas con admirable trabazón y concierto. Es la cadena que fingieron los antiguos que salía de la boca de Júpiter, de donde pendían todas las cosas eslabonadas unas con otras. Así lo demuestra el R.P. Atanasio Quirquerio[31] en su curioso libro *De Magnete*. Todas las cosas salen de Dios, que es el centro a un tiempo y la circunferencia de donde salen y donde paran todas las líneas criadas.

Yo de mí puedo asegurar que lo que no entiendo en un autor de una facultad, lo suelo entender en otro de otra que parece muy distante; y esos propios, al explicarse, abren ejemplos metafóricos de otras artes: como cuando dicen los lógicos que el medio se ha con los términos como se ha una medida con dos cuerpos distantes, para conferir si son iguales o no; y

---

[30] *Et sic de caeteris*: y así de las demás cosas.

[31] *Atanasio Quiquerio*: Atanasio Kircher, famoso jesuita alemán del siglo XVII, erudito egiptólogo y matemático.

que la oración del lógico anda como la línea recta, por el camino más breve, y la del retórico se mueve, como la corva por el más largo, pero van a un mismo punto los dos; y cuando dicen que los expositores son como la mano abierta y los escolásticos como el puño cerrado. Y así no es disculpa, ni por tal la doy, el haber estudiado diversas cosas, pues éstas antes se ayudan, si no que el no haber aprovechado ha sido ineptitud mía y debilidad de mi entendimiento, no culpa de la variedad. Lo que sí pudiera ser descargo mío es el sumo trabajo no sólo encarecer de maestro, sino de condiscípulos con quienes conferir y ejercitar lo estudiado, teniendo sólo por maestro un libro mudo, por condiscípulo un tintero insensible; y en vez de explicación y ejercicio muchos estorbos, no sólo los de mis religiosas obligaciones (que éstas ya se sabe cuán útil y provechosamente gastan el tiempo) sino de aquellas cosas accesorias de una comunidad: como estar yo leyendo y antojárseles en la celda vecina tocar y cantar; estar yo estudiando y pelear dos criadas y venirme a constituir juez de su pendencia; estar yo escribiendo y venir una amiga a visitarme, haciéndome muy mala obra con muy buena voluntad, donde es preciso no sólo admitir el embarazo, pero quedar agradecida del perjuicio. Y esto es continuamente, porque como los ratos que destino a mi estudio son los que sobran de lo regular de la comunidad, esos mismos le sobran a las otras para venirme a estorbar; y sólo saben cuánta verdad es ésta los que tienen experiencia de vida común, donde sólo la fuerza de la vocación puede hacer que mi natural esté gustoso, y el mucho amor que hay entre mí y mis amadas hermanas, que como el amor es unión, no hay para él extremos distantes.

En esto sí confieso que ha sido inexplicable mi trabajo; y así no puedo decir lo que con envidia oigo a otros: que no les ha costado afán el saber. ¡Dichosos ellos! A mí, no el saber (que aún no sé), sólo el desear saber me le ha costado tan grande que pudiera decir con mi Padre San Jerónimo (aunque no con su aprovechamiento): *Quid ibi laboris insumpserim, quid sustinuerim difficultatis, quoties desperaverim, quotiesque cessaverim et contentione discendi rursus inceperim; testis est conscientia, tam mea, qui passus sum, quam eorum qui mecum duxerunt vitam.*[32] Menos los compañeros y testigos (que aun de ese alivio he carecido), lo demás bien puedo asegurar con verdad. ¡Y que haya sido tal esta mi negra inclinación, que todo lo haya vencido!

Solía sucederme que, como entre otros beneficios, debo a Dios un natural tan blando y tan afable y las religiosas me aman mucho por él (sin reparar, como buenas, en mis faltas) y con esto gustan mucho de mi compañía, conociendo esto y movida del grande amor que las tengo, con mayor motivo que ellas a mí, gusto más de la suya: así, me solía ir los ratos que a unas y a otras nos sobraban, a consolarlas y recrearme con su conversación. Reparé que en este tiempo hacía falta a mi estudio, y hacía voto de no entrar en celda alguna si no me obligase a ello la obediencia o la

[32] *Quid ibi laboris insumpserim, quid sustinuerim difficultatis, quoties desperaverim, quotiesque cessaverim et contentione discendi rursus inceperim; testis est conscientia, tam mea, qui passus sum, quam eorum qui mecum duxerunt vitam*: De cuanto trabajo me tomé, cuánta dificultad hube de sufrir, cuantas veces desesperé, y cuantas otras desistí y empecé de nuevo, por el empeño de aprender, testigo es mi conciencia, que lo he padecido; y la de los que conmigo han vivido.

caridad: porque, sin este freno tan duro, al de sólo propósito le rompiera el amor; y este voto (conociendo mi fragilidad) le hacía por un mes o por quince días; y dando cuando se cumplía, un día o dos de treguas, lo volvía a renovar, sirviendo este día, no tanto a mi descanso (pues nunca lo ha sido para mí el no estudiar) cuanto a que no me tuviesen por áspera, retirada e ingrata al no merecido cariño de mis carísimas hermanas.

Bien se deja en esto conocer cuál es la fuerza de mi inclinación. Bendito sea Dios que quiso fuese hacia las letras y no hacia otro vicio, que fuera en mí casi insuperable; y bien se infiere también cuán contra la corriente han navegado (o por mejor decir, han naufragado) mis pobres estudios. Pues aún falta por referir lo más arduo de las dificultades; que las de hasta aquí sólo han sido estorbos obligatorios y casuales, que indirectamente lo son; y faltan los positivos que directamente han tirado a estorbar y prohibir el ejercicio. ¿Quién no creerá, viendo tan generales aplausos, que he navegado viento en popa y mar en leche, sobre las palmas de las aclamaciones comunes? Pues Dios sabe que no ha sido muy así, porque entre las flores de esas mismas aclamaciones se han levantado y despertado tales áspides de emulaciones y persecuciones, cuantas no podré contar, y los que más nocivos y sensibles para mí han sido, no son aquellos que con declarado odio y malevolencia me han perseguido, sino los que amándome y deseando mi bien (y por ventura, mereciendo mucho con Dios por la buena intención), me han mortificado y atormentado más que los otros, con aquel: *No conviene a la santa ignorancia que deben, este estudio; se ha de perder, se ha de desvanecer en tanta altura con su misma perspicacia y agudeza*. ¿Qué me habrá costado resistir esto? ¡Rara especie de martirio donde yo era el mártir y me era el verdugo!

Pues por la —en mí dos veces infeliz— habilidad de hacer versos, aunque fuesen sagrados, ¿qué pesadumbres no me han dado o cuáles no me han dejado de dar? Cierto, señora mía, que algunas veces me pongo a considerar que el que se señala —o le señala Dios, que es quien sólo lo puede hacer— es recibido como enemigo común, porque parece a algunos que usurpa los aplausos que ellos merecen o que hace estanque de las admiraciones a que aspiraban, y así le persiguen.

Aquella ley políticamente bárbara de Atenas, por la cual salía desterrado de su república el que se señalaba en prendas y virtudes porque no tiranizase con ellas la libertad pública, todavía dura, todavía se observa en nuestros tiempos, aunque no hay ya aquel motivo de los atenienses: pero hay otro, no menos eficaz aunque no tan bien fundado, pues parece máxima del impío Maquiavelo: que es aborrecer al que se señala porque desluce a otros. Así sucede y así sucedió siempre.

Y si no, ¿cuál fue la causa de aquel rabioso odio de los fariseos contra Cristo, habiendo tantas razones para lo contrario? Porque si miramos su presencia, ¿cuál prenda más amable que aquella divina hermosura? ¿Cuál más poderosa para arrebatar los corazones? Si cualquiera belleza humana tiene jurisdicción sobre los albedríos y con blanda y apetecida violencia los sabe sujetar, ¿qué haría aquélla con tantas prerrogativas y dotes soberanos? ¿Qué haría, qué movería y qué no haría y qué no movería aquella incomprensible beldad, por cuyo hermoso rostro, como por un terso cristal, se estaban transparentando los rayos de la Divinidad? ¿Qué no movería aquel semblante, que sobre incomparables perfecciones en lo humano, señalaba iluminaciones de divino? Si el de Moisés, de sólo la conversación con Dios, era intolerable a la flaqueza de la vista humana, ¿qué sería el del mismo Dios humanado? Pues si vamos a las demás prendas, ¿cuál más amable que aquella celestial modestia, que aquella suavidad y blandura derramando misericordias en todos sus movimientos, aquella profunda humildad y mansedumbre, aquellas palabras de vida eterna y eterna sabiduría? Pues ¿cómo es posible que esto no les arrebatara las almas, que no fuesen enamorados y elevados tras él?

Dice la Santa Madre y madre mía Teresa, que después que vio la hermosura de Cristo quedó libre de poderse inclinar a criatura alguna, porque ninguna cosa veía que no fuese fealdad, comparada con aquella hermosura. Pues ¿cómo en los hombres hizo tan contrarios efectos? Y ya que como toscos y viles no tuvieran conocimiento ni estimación de sus perfecciones, siquiera como interesables ¿no les moviera sus propias conveniencias y utilidades en tantos beneficios como les hacía, sanando los enfermos, resucitando los muertos, curando los endemoniados? Pues ¿cómo no le amaban? ¡Ay Dios, que por eso mismo no le amaban, por eso mismo le aborrecían! Así lo testificaron ellos mismos.

Júntanse en su concilio y dicen: *Quid facimus, quia hic homo multa signa facit?*[33] ¿Hay tal causa? Si dijeran: éste es un malhechor, un transgresor de la ley,

---

[33] *Quid facimus, quia hic homo multa signa facit?*: ¿Qué hacemos, porque este hombre hace muchos milagros?

un alborotador que con engaños alborota el pueblo, mintieran, como mintieron cuando lo decían; pero eran causales más congruentes a lo que solicitaban, que era quitarle la vida; mas dar por causal que hace cosas señaladas, no parece de hombres doctos, cuales eran los fariseos. Pues así es, que cuando se apasionan los hombres doctos prorrumpen en semejantes inconsecuencias. En verdad que sólo por eso salió determinado que Cristo muriese. Hombres, si es que así se os puede llamar, siendo tan brutos, ¿por qué es esa tan cruel determinación? No responden más sino que *multa signa facit*. ¡Válgame Dios, que el hacer cosa señaladas es causa para que uno muera! Haciendo reclamo este *multa signa facit* a aquel: *radix Iesse, qui stat in signum populorum*, y al otro: *in signum cui contradicetur*.[34] ¿Por signo? ¡Pues muera! ¿Señalado? ¡Pues padezca, que eso es el premio de quien se señala!

Suelen en la eminencia de los templos colocarse por adorno unas figuras de los Vientos y de la Fama, y por defenderlas de las aves, las llenan todas de púas; defensa parece y no es sino propiedad forzosa: no puede estar sin púas que la puncen quien está en alto. Allí está la ojeriza del aire; allí es el rigor de los elementos; allí despican la cólera los rayos; allí es el blanco de piedras y flechas. ¡Oh infeliz altura, expuesta a tantos riesgos! ¡Oh signo que te ponen por blanco de la envidia y por objeto de la contradicción! Cualquiera eminencia, ya sea de dignidad, ya de nobleza, ya de riqueza, ya de hermosura, ya de ciencia, padece esta pensión; pero la que con más rigor la

---

[34] *Radix Iesse, qui stat in signum populorum. In signum cui contradicetur*: la raíz de Jesé está puesta por bandera de los pueblos. Para seña a la que se hará contradicción.

experimenta es la del entendimiento. Lo primero, porque es el más indefenso, pues la riqueza y el poder castigan a quien se les atreve, y el entendimiento no, pues mientras es mayor es más modesto y sufrido y se defiende menos. Lo segundo es porque, como dijo doctamente Gracián,[35] las ventajas en el entendimiento lo son en el ser. No por otra razón es el ángel más que el hombre que porque entiende más; no es otro el exceso que el hombre hace al bruto, sino sólo entender; y así como ninguno quiere ser menos que otro, así ninguno confiesa que otro entiende más, porque es consecuencia del ser más. Sufrirá uno y confesará que otro es más noble que él, que es más rico, que es más hermoso y aun que es más docto; pero que es más entendido apenas habrá quien lo confiese: *Rarus est, qui velit cedere ingenio.*[36] Por eso es tan eficaz la batería contra esta prenda.

Cuando los soldados hicieron burla, entretenimiento y diversión de Nuestro Señor Jesucristo, trajeron una púrpura vieja y una caña hueca y una corona de espinas para coronarle por rey de burlas. Pues ahora, la caña y la púrpura eran afrentosas, pero no dolorosas; pues ¿por qué sólo la corona es dolorosa? ¿No basta que, como las demás insignias, fuese de escarnio e ignominia, pues ése era el fin? No, porque la sagrada cabeza de Cristo y aquel divino cerebro eran depósito de la sabiduría; y cerebro sabio en el mundo no basta que esté escarnecido, ha de estar también lastimado y maltratado; cabeza que es erario de sabiduría no espere otra corona que de espinas. ¿Cuál

---

[35] *Gracián*: Baltasar Gracián, escritor jesuita del siglo XVII.
[36] *Rarus est, qui velit cedere ingenio*: Será raro el que quiera ceder el ingenio (epigrama de Marcial).

guirnalda espera la sabiduría humana si ve la que obtuvo la divina? Coronaba la soberbia romana las diversas hazañas de sus capitanes también con diversas coronas: ya con la cívica al que defendía al ciudadano; ya con la castrense al que entraba en los reales enemigos; ya con la mural al que escalaba el muro; ya con la obsidional al que libraba la ciudad cercada o el ejército sitiado o el campo o en los reales: ya con la naval, ya con la oval, ya con la triunfal otras hazañas, según refieren Plinio y Aulo Gelio;[37] mas viendo yo tantas diferencias de coronas, dudaba de cuál especie sería la de Cristo, y me parece que fue obsidional, que (como sabéis, señora) era la más honrosa y se llamaba obsidional de *obsidio,* que quiere decir cerco; la cual no se hacía de oro ni de plata, sino de la misma grama o yerba que cría el campo en que se hacía la empresa. Y como la hazaña de Cristo fue hacer levantar el cerco al Príncipe de las Tinieblas, el cual tenía sitiada toda la tierra, como lo dice en el libro de Job: *Circuivi terram et ambulavi per eam*[38] y de él dice San Pedro: *Circuit, quaerens quem devoret*;[39] y vino nuestro caudillo y le hizo levantar el cerro: *nunc princeps huius mundi eiicietur foras,*[40] así los soldados le coronaron no con oro ni plata, sino con el fruto natural que producía el mundo que fue el campo de

[37] *Plinio y Aulo Gelio*: historiadores romanos autores de obras enciclopédicas. Plinio (c. 23-79) y Aulo Gelio (c. 123-165).

[38] *Circuivi terram et ambulavi per eam*: He rodeado la tierra y la he recorrido.

[39] *Circuit, quaerens quem devoret*: Anda alrededor buscando a quien tragar.

[40] *Nunc princeps huius mundi eiicietur foras*: ahora será lanzado fuera el príncipe de este mundo.

la lid, el cual, después de la maldición, *spinas et tribulos germinabit tibi*,[41] no producía otra cosa que espinas; y así fue propísima corona de ellas en el valeroso y sabio vencedor con que le coronó su madre la Sinagoga; saliendo a ver el doloroso triunfo, como al del otro Salomón festivas, a éste llorosas las hijas de Sión, porque es el triunfo de sabio obtenido con dolor y celebrado con llanto, que es el modo de triunfar la sabiduría; siendo Cristo, como rey de ella, quien estrenó la corona, porque santificada en sus sienes, se quite el horror a los otros sabios y entiendan que no han de aspirar a otro honor.

Quiso la misma Vida ir a dar la vida a Lázaro difunto; ignoraban los discípulos el intento y le replicaron: *Rabbi, nunc queaerebant te Iudaei lapidare, et iterum vadis illuc?*[42] Satisfizo el Redentor el temor: *Nonne duodecim sunt horae diei?*[43] Hasta aquí, parece que temían porque tenían el antecedente de quererle apedrear porque les había reprendido llamándoles ladrones y no pastores de las ovejas. Y así, temían que si iba a lo mismo (como las reprensiones, aunque sean tan justas, suelen ser mal reconocidas), corriese peligro su vida; pero ya desengañados y enterados de que va a dar vida a Lázaro, ¿cuál es la razón que pudo mover a Tomás para que tomando aquí los alientos que en el huerto Pedro: *Eamus et nos, ut moria-*

---

[41] *Spinas et tribulos germinabit tibi*: espinas y abrojos te producirá.
[42] *Rabbi, nunc quaerebant te Iudaei lapidare, et iterum vadis illuc?*: ¿Maestro, ahora querían apedrearte los judíos, y vas allá otra vez?
[43] *Nonne duodecim sunt horae diei*: ¿Por ventura no son doce las horas del día?

mur cum eo.[44] ¿Qué dices, apóstol santo? A morir no va el Señor, ¿de qué es el recelo? Porque a lo que Cristo va no es a reprender, sino a hacer una obra de piedad, y por esto no le pueden hacer mal. Los mismos judíos os podían haber asegurado, pues cuando los reconvino, queriéndole apedrear: *Multa bona opera ostendi vobis ex Patre meo, propter quod eorum opus me lapidatis?*,[45] le respondieron: *De bono opere non lapidamus te, sed de blasphemia.*[46] Pues si ellos dicen que no le quieren apedrear por las buenas obras y ahora va a hacer una tan buena como dar la vida a Lázaro, ¿de qué es el recelo o por qué? ¿No fuera mejor decir: Vamos a gozar el fruto del agradecimiento de la buena obra que va a hacer nuestro Maestro; a verle aplaudir y rendir gracias al beneficio; a ver las admiraciones que hacen del milagro? Y no decir, al parecer una cosa tan fuera del caso como es: *Eamus et nos, ut moriamur cum eo.* Mas ¡ay! que el Santo temió como discreto y habló como apóstol. ¿No va Cristo a hacer un milagro? Pues ¿qué mayor peligro? Menos intolerables para la soberbia oír las reprensiones, que para la envidia ver los milagros. En todo lo dicho, venerable señora, no quiero (ni tal desatino cupiera en mí) decir que me han perseguido por saber, sino sólo porque he tenido amor a la sabiduría y a las letras, no porque haya conseguido ni uno ni otro.

---

[44] *Eamus et nos, ut moriamur cum eo*: Vamos también nosotros y muramos con él.

[45] *Multa bona opera ostendi vobis ex Patre meo, propter quod eorum opus me lapidatis?*: Muchas buenas obras os he revelado del Padre mío; ¿por cuál de estas obras me apedreáis?

[46] *De bono opere non lapidamus te, sed blasphemia*: No te apedreamos por la buena obra, sino por la blasfemia.

Hallábase el Príncipe de los Apóstoles, en un tiempo, tan distante de la sabiduría como pondera aquel enfático: *Petrus vero sequebatur eum a longe*;[47] tan lejos de los aplausos de docto quien tenía el título de indiscreto: *Nesciens auid diceret*; y aun examinado del conocimiento de la sabiduría dijo él mismo que no había alcanzado la menor noticia: *Mulier, nescio quid dicis. Mulier, non novi illum.*[48] Y ¿qué le sucede? Que teniendo estos créditos de ignorante, no tuvo la fortuna, sí las aflicciones, de sabio. ¿Por qué? No se dio otra causal sino: *Et hic cum illo erat.*[49] Era afecto a la sabiduría, llevábale el corazón, andábase tras ella, preciábase de seguidor y amoroso de la sabiduría; y aunque eran tan *a longe* que no le comprendía ni alcanzaba, bastó para incurrir sus tormentos. Ni faltó soldado de fuera que no le afligiese, ni mujer doméstica que no le aquejase. Yo confieso que me hallo muy distante de los términos de la sabiduría y que la he deseado seguir, aunque *a longe.*[50] Pero todo ha sido acercarme más al fuego de la persecución, al crisol del tormento; y ha sido con tal extremo que han llegado a solicitar que se me prohíba el estudio.

Una vez lo consiguieron con una prelada muy santa y muy cándida que creyó que el estudio era cosa de Inquisición y me mandó que no estudiase. Yo la obedecí (unos tres meses que duró el poder ella mandar) en cuanto a no tomar libro, que en cuanto a

---

[47] *Petrus vero sequebatur euam a longe*: Pedro le seguía a lo lejos.

[48] *Mulier, nescio quid dici. Mulier, non novi illum*: Mujer, no sé lo que dices. Mujer, no le conozco.

[49] *Et hic cum illo erat*: Y éste con él estaba.

[50] *A longe*: de lejos.

no estudiar absolutamente, como no cae debajo de mi potestad, no lo pude hacer, porque aunque no estudiaba en los libros, estudiaba en todas las cosas que Dios crió, sirviéndome ellas de letras, y de libro toda esta máquina universal. Nada veía sin refleja; nada oía sin consideración, aun en las cosas más menudas y materiales; porque como no hay criatura, por baja que sea, en que no se conozca el *me fecit Deus,*[51] no hay alguna que no pasme el entendimiento, si se considera como se debe. Así yo, vuelvo a decir, las miraba y admiraba todas; de tal manera que de las mismas personas con quienes hablaba, y de lo que me decían, me estaban resaltando mil consideraciones: ¿De dónde emanaría aquella variedad de genios e ingenios, siendo todos de una especie? ¿Cuáles serían los temperamentos y ocultas cualidades que lo ocasionaban? Si veía una figura, estaba combinando la proporción de sus líneas y mediándola con el entendimiento y reduciéndola a otras diferentes. Paseábame algunas veces en el testero de un dormitorio nuestro (que es una pieza muy capaz) y estaba observando que siendo las líneas de sus dos lados paralelas y su techo a nivel, la vista fingía que sus líneas se inclinaban una a otra y que su techo estaba más bajo en lo distante que en lo próximo: de donde infería que las líneas visuales corren rectas, pero no paralelas, sino que van a formar una figura piramidal. Y discurría si sería ésta la razón que obligó a los antiguos a dudar si el mundo era esférico o no. Porque, aunque lo parece, podía ser engaño de la vista, demostrando concavidades donde pudiera no haberlas.

---

[51] *Me fecit Deus*: me hizo Dios.

Este modo de reparos en todo me sucedía y sucede siempre, sin tener yo arbitrio en ello, que antes me suelo enfadar porque me cansa la cabeza; y yo creía que a todos sucedía esto mismo y el hacer versos, hasta que la experiencia me ha mostrado lo contrario; y es de tal manera esta naturaleza o costumbre, que nada veo sin segunda consideración. Estaban en mi presencia dos niñas jugando con un trompo, y apenas yo vi el movimiento y la figura, cuando empecé, con esta mi locura, a considerar el fácil moto de la forma esférica, y cómo duraba el impulso ya impreso e independiente de su causa, pues distante la mano de la niña, que era la causa motiva, bailaba el trompillo; y no contenta con esto, hice traer harina y cernerla para que, en bailando el trompo encima, se conociese si eran círculos perfectos o no los que describía con su movimiento; y hallé que no eran sino unas líneas espirales que iban perdiendo lo circular cuanto se iba remitiendo el impulso. Jugaban otras a los alfileres (que es el más frívolo juego que usa la puerilidad); yo me llegaba a contemplar las figuras que formaban; y viendo que acaso se pusieron tres en triángulo, me ponía a enlazar uno en otro, acordándome de que aquélla era la figura que dicen tenía el misterioso anillo de Salomón, en que había unas lejanas luces y representaciones de la Santísima Trinidad, en virtud de lo cual obraba tantos prodigios y maravillas; y la misma que dicen tuvo el arpa de David, y que por eso sanaba Saúl a su sonido; y casi la misma conservan las arpas en nuestros tiempos.

Pues ¿qué os pudiera contar, Señora, de los secretos naturales que he descubierto estando guisando? Veo que un huevo se une y fríe en la manteca o aceite y, por contrario, se despedaza en el almíbar;

ver que para que el azúcar se conserve fluida basta echarle una muy mínima parte de agua en que haya estado membrillo u otra fruta agria; ver que la yema y clara de un mismo huevo son tan contrarias, que en los unos, que sirven para el azúcar, sirve cada una de por sí y juntos no. Por no cansaros con tales frialdades, que sólo refiero por daros entera noticia de mi natural y creo que os causará risa; pero, señora, ¿qué podemos saber las mujeres sino filosofías de cocina? Bien dijo Lupercio Leonardo,[52] que bien se puede filosofar y aderezar la cena. Y yo suelo decir viendo estas cosillas: Si Aristóteles hubiera guisado, mucho más hubiera escrito. Y prosiguiendo en mi modo de cogitaciones,[53] digo que esto es tan continuo en mí, que no necesito de libros; y en una ocasión que, por un grave accidente de estómago, me prohibieron los médicos el estudio, pasé así algunos días, y luego les propuse que era menos dañoso el concedérmelos, porque eran tan fuertes y vehementes mis cogitaciones, que consumían más espíritus en un cuarto de hora que el estudio de los libros en cuatro días: y así se redujeron a concederme que leyese; y más, Señora mía, que ni aun el sueño se libró de este continuo movimiento de mi imaginativa; antes suele obrar en él más libre y desembarazada, confiriendo con mayor claridad y sosiego las especies que ha conservado del día, arguyendo, haciendo versos, de que os pudiera hacer un catálogo muy grande, y de algunas razones y delgadezas que he alcanzado dormida mejor que despierta, y las dejo por no cansaros, pues

[52] *Lupercio Leonardo*: Lupercio Leonardo de Argensola (1559-1613) poeta español alabado por Lope de Vega.
[53] *Cogitaciones*: pensamientos.

basta lo dicho para que vuestra discreción y trascendencia penetre y se entere perfectamente en todo mi natural y del principio, medios y estado de mis estudios.

Si éstos, Señora, fueran méritos (como los veo por tales celebrar en los hombres), no lo hubieran sido en mí, porque obro necesariamente. Si son culpa, por la misma razón creo que no la he tenido; mas, con todo, vivo siempre tan desconfiada de mí, que ni en esto ni en otra cosa me fío de mi juicio; y así remito la decisión a ese soberano talento, sometiéndome luego a lo que sentenciare, sin contradicción ni repugnancia, pues esto no ha sido más de una simple narración de mi inclinación a las letras.

Confieso también que con ser esto verdad tal que, como he dicho, no necesitaba de ejemplares, con todo no me han dejado de ayudar los muchos que he leído, así en divinas como en humanas letras. Porque veo a una Débora[54] dando leyes, así en lo militar como en lo político, y gobernando el pueblo donde había tantos varones doctos. Veo una sapientísima reina de Sabá,[55] tan docta que se atreve a tentar con enigmas la sabiduría del mayor de los sabios, sin ser por ello reprendida, antes por ello será juez de los incrédulos. Veo tantas y tan insignes mujeres: unas adornadas del don de profecía, como una Abigail,[56] otras de persuasión, como Ester,[57] otras, de piedad, como Rahab;[58] otras de perseverancia, como Ana,

[54] *Débora*: profetisa y juez de Israel.
[55] *Reina de Sabá*: esposa del rey Salomón.
[56] *Abigail*: esposa del rey David.
[57] *Ester*: esposa del rey Asuero.
[58] *Rahab*: piadosa mujer que aparece en el libro de Josué.

madre de Samuel; y otras infinitas, en otras especies de prendas y virtudes.

Si revuelvo a los gentiles, lo primero que encuentro es con las Sibilas,[59] elegidas de Dios para profetizar los principales misterios de nuestra Fe; y en tan doctos y elegantes versos que suspenden la admiración. Veo adorar por diosa de las ciencias a una mujer como Minerva,[60] hija del primer Júpiter y maestra de toda la sabiduría de Atenas. Veo una Pola Argentaria, que ayudó a Lucano,[61] su marido, a escribir la gran Batalla Farsálica. Veo a la hija del divino Tiresias,[62] más docta que su padre. Veo a una Cenobia,[63] reina de los Palmirentos, tan sabia como vale-

---

[59] *Sibilas*: mujeres que adivinan el futuro. Diez son las más famosas.

[60] *Minerva*: en la mitología romana, diosa de la sabiduría, hija de Júpiter, rey de los dioses, equivalente de la diosa griega Atenea. Minerva nació de la cabeza de Júpiter, ya crecida y vestida con una armadura; encarnación de la sabiduría, la pureza y la razón.

[61] *Lucano*: Marco Anneo Lucano (39-65), poeta romano, nacido en Hispania y educado en Roma. La única obra que se conserva de Lucano es la inacabada *Bellum Civile,* más conocida como la *Farsalia*, un poema épico en diez volúmenes sobre la guerra civil entre los generales Cayo Julio César y Pompeyo el Grande.

[62] *Tiresias*: en la mitología griega, vidente tebano. Se decía que la diosa Atenea lo había dejado ciego porque él la había visto mientras se bañaba, pero que lo había recompensado otorgándole el don de la profecía. Según otra leyenda, durante un tiempo se había transformado en mujer y después se volvió de nuevo hombre.

[63] *Cenobia*: Septimia Zenobia (fallecida en el 274 d. C.), reina de Palmira (267-c. 272). En tres años, extendió su dominio sobre toda Siria, Egipto y la mayor parte de Asia Menor, principalmente en alianza con Roma. Sin embargo, en el 271 las ambiciones de Zenobia en Oriente llevaron al emperador romano Aureliano a enfrentarse militarmente contra ella y derrotarla.

rosa. A una Areté,[64] hija de Aristipo, doctísima. A una Nicostrata,[65] inventora de las letras latinas y eruditísima en las griegas. A una Aspasia Milesia[66] que enseñó filosofía y retórica y fue maestra del filósofo Pericles. A una Hipasia[67] que enseñó astrología y leyó mucho tiempo en Alejandría. A una Leoncia, griega, que escribió contra el filósofo Teofrasto[68] y le convenció. A una Jucia, a una Corina,[69] a una Cornelia,[70] y en

---

[64] *Areté*: Maestra de su hijo Aristipo (c. 435-c. 360 a. C.), filósofo griego que estudió con Sócrates en Atenas y creó la escuela cirenaica del hedonismo. Defendía que el placer es el gran bien de la humanidad y el dolor el menor.

[65] *Nicostrata*: También conocida como Carmenta. Se le menciona en las *Etimologías* de San Isidoro como la introductora de las letras latinas en Italia.

[66] *Aspasia Milesia*: Aspasia de Mileto (c. 470-410 a. C.), esposa del político ateniense Pericles, célebre por su belleza, ingenio e influencia política, su hogar se convirtió en lugar de reunión para los hombres cultos y distinguidos de Atenas.

[67] *Hipasia*: Hipatia, discípula de Platón que vivió en Alejandría en los primeros siglos de la era cristiana. Escribió comentarios sobre temas matemáticos y astronómicos y está considerada como la primera científica y filósofa de Occidente.

[68] *Teofrasto*: (c. 372-287 a. C.) filósofo griego, estudió en Atenas con Aristóteles, de quien llegó a ser alumno fiel. Cuando Aristóteles se retiró a Calcis en el 323 a. C., Teofrasto le sucedió en el Liceo a la cabeza de la escuela de los peripatéticos.

[69] *Corina*: poetisa lírica de Tanagra contemporánea de Píndaro (siglo VI a. C.), a quien derrotó en un concurso poético. Corina le aconsejó entonces "sembrar con la mano, y no con todo el saco", en alusión al uso excesivo del ornamento mitológico en la obra temprana de Píndaro.

[70] *Cornelia*: (c. 189-c. 110 a. C.) matrona romana, hija del general Escipión el Africano que se casó con el general y político Tiberio Sempronio Graco; después de la muerte de su esposo (153 a. C.), se negó a casarse de nuevo y se dedicó a educar a sus hijos. Según la leyenda, cuando un visitante le pedía ver sus joyas, señalaba a sus hijos y contestaba: "Éstas son mis joyas"; posteriormente se retiró para estudiar griego y literatura latina.

fin a toda la gran turba de las que merecieron nombres, ya de griegas, ya de musas, ya de pitonisas; pues todas no fueron más que mujeres doctas, tenidas y celebradas y también veneradas de la antigüedad por tales. Sin otras infinitas, de que están los libros llenos, pues veo aquella egipcíaca Catarina,[71] leyendo y convenciendo todas las sabidurías de los sabios de Egipto. Veo una Gertrudis leer, escribir y enseñar. Y para no buscar ejemplos fuera de casa, veo una santísima madre mía, Paula, docta en las lenguas hebrea, griega y latina y aptísima para interpretar las Escrituras. ¿Y qué más que siendo su cronista un Máximo Jerónimo, apenas se hallaba el Santo digno de serlo, pues con aquella viva ponderación y enérgica eficacia con que sabe explicarse dice: Si todos los miembros de mi cuerpo fuesen lenguas, no bastarían a publicar la sabiduría y virtud de Paula? Las mismas alabanzas le mereció Blesila, viuda; y las mismas la esclarecida virgen Eustoquio, hijas ambas de la misma Santa; y la segunda, tal, que por su ciencia era llamada Prodigio del Mundo. Fabiola,[72] romana, fue también doctísima en la Sagrada Escritura. Proba Falconia,[73] mujer romana, escribió un elegante libro con centones de Virgilio, de los misterios de Nuestra Santa Fe. Nuestra reina Doña Isabel, mujer del décimo Alfonso, es corriente que escribió de astrología. Sin otras que omito por no trasladar lo que otros han dicho (que es vicio que siempre he abominado), pues en nuestros tiempos está

---

[71] *Egipciaca Catarina*: Santa Catarina de Alejandría.

[72] *Fabiola*: otra de las discípulas de San Jerónimo.

[73] *Proba*: (siglo IV) poetisa autora de un poema épico sobre la guerra civil entre Constanzo y Magnensio y de una colección de poesías (centón virgiliano) sobre partes del Antiguo y del Nuevo Testamento.

floreciendo la gran Cristina Alejandra, Reina de Suecia,[74] tan docta como valerosa y magnánima, y las Excelentísimas señoras Duquesa de Aveyro[75] y Condesa de Villaumbrosa.

El venerable Doctor Arce[76] (digno profesor de Escritura por su virtud y letras), en su *Studioso Bibliorum* excita esta cuestión: *An liceat foeminis sacrorum Bibliorum studio incumbere? eaque interpretari?*[77] Y trae por la parte contraria muchas sentencias de santos, en especial aquello del Apóstol: *Mulieres in Ecclesiis taceant, non enim permittitur eis loqui,*[78] etc. Trae después otras sentencias, y del mismo Apóstol aquel lugar *ad Titum: Anus similiter in habitu sancto, bene docentes,*[79] con interpretaciones de los Santos Padres; y al fin resuelve, con su prudencia, que el leer públicamente en las cátedras y predicar en los púlpitos, no es lícito a las mujeres; pero que el estudiar, escribir y enseñar privadamente no

---

[74] *Cristina de Suecia*: (1626-1689), reina de Suecia (1632-1654). Como única heredera de Gustavo Adolfo II, heredó el trono de su padre a la edad de seis años y asumió poderes reales completos en 1644. De una gran inteligencia, se interesó por los retos intelectuales y estuvo influida por el filósofo francés René Descartes. En 1654 abdicó y se convirtió al catolicismo. Se exilió y pasó el resto de su vida en Roma.

[75] *La duquesa de Aveyro*: María Guadalupe Alencastre, amiga de Sor Juana.

[76] *Doctor Arce*: Juan Díaz de Arce, catedrático de Filosofía y Sagradas Escrituras de la Academia Mexicana.

[77] *An liceat foeminis sacrorum Bibliorum studio incumbere? eaque interpretari?*: ¿Es lícito a las mujeres dedicarse al estudio de la sagrada escritura y a su interpretación?

[78] *Mulieres in Ecclesiis taceant, non enim permittitur eis loqui*: Las mujeres callen en las Iglesias; porque no les es dado hablar.

[79] *Ad Titum: Anus similiter in habitu sancto, bene docentes*: A Tito: Las ancianas asimismo, en un porte santo, maestras de lo bueno.

sólo les es lícito, pero muy provechoso y útil; claro está que esto no se debe entender con todas, sino con aquellas a quienes hubiere Dios dotado de especial virtud y prudencia y que fueren muy provectas y eruditas y tuvieren el talento y requisitos necesarios para tan sagrado empleo. Y esto es tan justo que no sólo a las mujeres, que por tan ineptas están tenidas, sino a los hombres, que con sólo serlo piensan que son sabios, se había de prohibir la interpretación de las Sagradas Letras, en no siendo muy doctos y virtuosos y de ingenios dóciles y bien inclinados; porque de lo contrario creo yo que han salido tantos sectarios y que ha sido la raíz de tantas herejías; porque hay muchos que estudian para ignorar, especialmente los que son de ánimos arrogantes, inquietos y soberbios, amigos de novedades en la Ley (que es quien las rehusa); y así hasta que por decir lo que nadie ha dicho dicen una herejía, no están contentos. De éstos dice el Espíritu Santo: *In malevolam animam non introibit sapientia.*[80] A éstos, más daño les hace el saber que les hiciera el ignorar. Dijo un discreto que no es necio entero el que no sabe latín, pero el que lo sabe está calificado. Y añado yo que le perfecciona (si es perfección la necedad) el haber estudiado su poco de filosofía y teología y el tener alguna noticia de lenguas, que con eso es necio en muchas ciencias y lenguas: porque un necio grande no cabe en sólo la lengua materna.

A éstos, vuelvo a decir, hace daño el estudiar, porque es poner espada en manos del furioso; que siendo instrumento nobilísimo para la defensa, en sus manos es muerte suya y de muchos. Tales fueron

[80] *In malevolam animam non introibit sapientia*: En alma maligna no entrará la sabiduría.

las Divinas Letras en poder del malvado Pelagio[81] y del protervo Arrio,[82] del malvado Lutero y de los demás heresiarcas, como lo fue nuestro Doctor (nunca fue nuestro ni doctor) Cazalla,[83] a los cuales hizo daño la sabiduría porque, aunque es el mejor alimento y vida del alma, a la manera que en el estómago mal acomplexionado y de viciado calor, mientras mejores los alimentos que recibe, más áridos, fermentados y perversos son los humores que cría, así estos malévolos, mientras más estudian, peores opiniones engendran; obstrúyeseles el entendimiento con lo mismo que había de alimentarse, y es que estudian mucho y digieren poco, sin proporcionarse al vaso limitado de sus entendimientos. A esto dice el Apóstol: *Dico enim per gratiam quae data est mihi, omnibus qui sunt inter vos: Non plus sapere quam oportet sapere, sed sapere ad sobrietatem: et unicuique sicut Deus divisit mensuram fidei.*[84] Y en verdad no lo dijo el Apóstol a las mujeres, sino a los hombres; y que no es sólo para

---

[81] *Pelagio*: Pelagianismo, en la teología cristiana, doctrina racionalista y naturalista herética relativa a la gracia y a la moral, que hace hincapié en la libertad de la voluntad como el elemento decisivo de la perfección humana y minimiza o niega la necesidad de la gracia divina y la redención. La doctrina fue formulada por el monje romano-británico Pelagio.

[82] *Arrio*: Arrianismo, herejía cristiana del siglo IV que negaba la total divinidad de Jesucristo en su pleno sentido. Recibió el nombre de arrianismo por su autor, Arrio. Nativo de Libia.

[83] *Doctor Cazalla*: (1510-1559) luterano español, canónigo de Salamanca, condenado por el Santo Oficio.

[84] *Dico enim per gratiam quae data est mihi, omnibus qui sunt inter vos: Non plus sapere quam oportet sapere, sed sapere ad sobrietatem: et unicuique sicut Deus divisit mensuram fidei*: Pues por la gracia que me ha sido dada digo a todos los que están entre vosotros que no sepan más de lo que conviene saber, sino que sepan con templanza, y cada uno como Dios le repartió la medida de la fe.

ellas el *taceant,*[85] sino para todos los que no fueren muy aptos. Querer yo saber tanto o más que Aristóteles o que San Agustín, si no tengo la aptitud de San Agustín o de Aristóteles, aunque estudie más que los dos, no sólo no lo conseguiré sino que debilitaré y entorpeceré la operación de mi flaco entendimiento con la desproporción del objeto.

¡Oh si todos —y yo la primera, que soy una ignorante— nos tomásemos la medida al talento antes de estudiar, y lo peor es, de escribir con ambiciosa codicia de igualar y aun de exceder a otros, qué poco ánimo nos quedara y de cuántos errores nos excusáramos y cuántas torcidas inteligencias que andan por ahí no anduvieran! Y pongo las mías en primer lugar, pues si conociera, como debo, esto mismo no escribiera. Y protesto que sólo lo hago por obedeceros; con tanto recelo, que me debéis más en tomar la pluma con este temor, que me debiérades si os remitiera más perfectas obras. Pero, bien que va a vuestra corrección; borradlo, rompedlo y reprendedme, que eso apreciaré yo más que todo cuanto vano aplauso me pueden otros dar: *Corripiet me iustus in misericordia, et increpabit: oleum autem peccatoris non impinguet caput meum.*[86]

Y volviendo a nuestro Arce, digo que trae en confirmación de su sentir aquellas palabras de mi Padre San Jerónimo (*ad Laetam, de institutione filiae*), donde dice: *Adhuc tenera lingua psalmis dulcibus imbuatur. Ipsa nomina per quae consuescit paulatim*

---

[85] *Taceant*: callen.

[86] *Corripiet me iustus in misericordia, et increpabit: oleum autem peccatoris non impinguet caput meum*: El justo me corregirá y reprenderá con misericordia; mas el aceite del pecador no ungirá mi cabeza.

verba contexere; non sint fortuita, sed certa, et coacervata de industria. Prophetarum videlicet, atque Apostolorum, et omnis ab Adam Patriarcharum series, de Matthaeo, Lucaque descendat, ut dum aliud agit, futurae memoriae praeparetur. Reddat tibi pensum quotidie, de Scripturarum floribus carptum.[87] Pues si así quería el Santo que se educase una niña que apenas empezaba a hablar, ¿qué querrá en sus monjas y en sus hijas espirituales? Bien se conoce en las referidas Eustoquio y Fabiola y en Marcela,[88] su hermana. Pacátula y otras a quienes el Santo honra en sus epístolas, exhortándolas a este sagrado ejercicio, como se conoce en la citada epístola donde noté yo aquel *reddat tibi pensum,* que es reclamo y concordante del *bene docentes* de San Pablo; pues el *reddat tibi* de mi gran Padre da a entender que la maestra de la niña ha de ser la misma Leta su madre.

¡Oh cuántos daños se excusaran en nuestra república si las ancianas fueran doctas como Leta, y que

---

[87] *Adhuc tenera lingua psalmis dulcibus imbuatur. Ipsa nomina per quae consuescit paulatim verba contexere; non sint fortuita, sed certa, et coacervata de industria. Prophetarum videcelit, atque Apostolorum, et omnis ab Adam Patriarcharum series, de Matthaeo, Lucaque descendat, ut dum aliud agit, futurae memoriae praeparetur. Reddat tibi pensum quotidie, de Scripturarum floribus carptum*: Acostumbre su lengua aún tierna a la dulzura de los salmos. Los nombres mismos con que poco a poco vaya a habituarse a formar frases, no sean tomados al azar sino determinados y escogidos de propósito, como los de los profetas y de los apóstoles, y que toda la serie de patriarcas desde Adán se tome de Mateo y Lucas, para que haciendo otra cosa enriquezca su memoria para el futuro. La tarea que te entregue diariamente se tome de las flores de los escritores. (Carta a Leta sobre la educación de su hija). Leta estaba casada con Tosocio, hijo de Santa Paula.

[88] *Marcela*: otra discípula de San Jerónimo.

supieran enseñar como manda San Pablo y mi Padre San Jerónimo! Y no que por defecto de esto y la suma flojedad en que han dado en dejar a las pobres mujeres, si algunos padres desean doctrinar más de lo ordinario a sus hijas, les fuerza la necesidad y falta de ancianas sabias, a llevar maestros hombres a enseñar a leer, escribir y contar, a tocar y otras habilidades, de que no pocos daños resultan, como se experimentan cada día en lastimosos ejemplos de desiguales consorcios, porque con la inmediación del trato y la comunicación del tiempo, suele hacerse fácil lo que no se pensó ser posible. Por lo cual, muchos quieren más dejar bárbaras e incultas a sus hijas que no exponerlas a tan notorio peligro como la familiaridad con los hombres, lo cual se excusara si hubiera ancianas doctas, como quiere San Pablo, y de unas en otras fuese sucediendo el magisterio como sucede en el de hacer labores y lo demás que es costumbre.

Porque ¿qué inconveniente tiene que una mujer anciana, docta en letras y de santa conversación y costumbres, tuviese a su cargo la educación de las doncellas? Y no que éstas o se pierden por falta de doctrina o por querérsela aplicar por tan peligrosos medios cuales son los maestros hombres, que cuando no hubiera más riesgo que la indecencia de sentarse al lado de una mujer verecunda[89] (que aun se sonrosea de que la mire a la cara su propio padre) un hombre tan extraño, a tratarla con casera familiaridad y a tratarla con magistral llaneza, el pudor del trato con los hombres y de su conversación basta para que no se permitiese. Y no hallo yo que este modo de enseñar de hombres a mujeres pueda ser

[89] *Verecunda*: vergonzosa, pudorosa.

sin peligro, si no es en el severo tribunal de un confesonario o en la distante docencia de los púlpitos o en el remoto conocimiento de los libros, pero no en el manoseo de la inmediación. Y todos conocen que esto es verdad; y con todo, se permite sólo por el defecto de no haber ancianas sabias; luego es grande daño el no haberlas. Esto debían considerar los que atados al *Mulieres in Ecclesia taceant,* blasfeman de que las mujeres sepan y enseñen; como que no fuera el mismo Apóstol el que dijo: *bene docentes.* Demás de que aquella prohibición cayó sobre lo historial que refiere Eusebio, y es que en la Iglesia primitiva se ponían las mujeres a enseñar las doctrinas unas a otras en los templos; y este rumor confundía cuando predicaban los apóstoles y por eso se les mandó callar; como ahora sucede, que mientras predica el predicador no se reza en alta voz.

No hay duda de que para inteligencia de muchos lugares es menester mucha historia, costumbres, ceremonias, proverbios y aun maneras de hablar de aquellos tiempos en que se escribieron, para saber sobre qué caen y a qué aluden algunas locuciones de las divinas letras. *Scindite corda vestra, et non vestimenta vestra,*[90] ¿no es alusión a la ceremonia que tenían los hebreos de rasgar los vestidos, en señal de dolor, como lo hizo el mal pontífice cuando dijo que Cristo había blasfemado? Muchos lugares del Apóstol sobre el socorro de las viudas ¿no miraban también a las costumbres de aquellos tiempos? Aquel lugar de la mujer fuerte: *Nobilis in portis vir eius*[91] ¿no alude a la

[90] *Scindite corda vestra, et non vestimenta vestra*: Rasgad vuestros corazones y no vuestros vestidos.

[91] *Nobilis in portis vir eius*: Su esposo será conocido en las puertas.

costumbre de estar los tribunales de los jueces en las puertas de las ciudades? El *dare terram Deo*[92] ¿no significaba hacer algún voto? Hiemantes[93] ¿no se llamaban los pecadores públicos, porque hacían penitencia a cielo abierto, a diferencia de los otros que la hacían en un portal? Aquella queja de Cristo al fariseo de la falta del ósculo y lavatorio de pies ¿no se fundó en la costumbre que de hacer estas cosas tenían los judíos? Y otros infinitos lugares no sólo de las letras divinas sino también de las humanas, que se topan a cada paso, como el *adorate purpuram,*[94] que significaba obedecer al rey; el *manumittere eum,*[95] que significa dar libertad, aludiendo a la costumbre y ceremonia de dar una bofetada al esclavo para darle libertad. Aquel *intonuit coelum,*[96] de Virgilio, que alude al agüero de tronar hacia occidente, que se tenía por bueno. Aquel *tu nunquam leporem edisti,*[97] de Marcial, que no sólo tiene el donarie de equívoco en el *leporem,* sino la alusión a la propiedad que decían tener la liebre. Aquel proverbio: *Maleam legens, quae sunt domi obliviscere,*[98] que alude al gran peligro del promontorio de Laconia. Aquella respuesta de la casta matrona al pretensor molesto, de: por mí no se untarán los quicios, ni arderán

---

[92] *Dare terram Deo*: dar la tierra a Dios.

[93] *Hiemantes*: los que pasan el invierno a la intemperie.

[94] *Adorate purpuram*: venerad la púrpura.

[95] *Manumittere eum*: libre por la mano. Al liberar a los esclavos se les tocaba con la mano en la mejilla.

[96] *Intonuit coelum*: tronó el cielo.

[97] *Tu nunquam leporem edisti*: tú nunca comiste liebre. La creencia popular era que el que comía libre se mantenía hermoso por siete días.

[98] *Maleam legens, quae sunt domi obliviscere*: Costear el Malia es olvidarse de lo que tiene uno en casa. Malia: promontorio en Grecia con olas muy agitadas.

las teas, para decir que no quería casarse, aludiendo a la ceremonia de untar las puertas con manteca y encender las teas nupciales en los matrimonios; como si ahora dijéramos: por mí no se gastarán arras ni echará bendiciones el cura. Y así hay tanto comento de Virgilio y de Homero y de todos los poetas y oradores. Pues fuera de esto, ¿qué dificultades no se hallan en los lugares sagrados, aun en lo gramatical, de ponerse el plural por singular, de pasar de segunda a tercera persona, como aquello de los Cantares: *osculetur me osculo oris sui: quia meliora sunt ubera tua vino?*[99] Aquel poner los adjetivos en genitivo, en vez de acusativo, como *Calicem salutaris accipiam*? Aquel poner el femenino por masculino; y, al contrario, llamar adulterio a cualquier pecado?

Todo esto pide más lección de lo que piensan algunos que, de meros gramáticos, o cuando mucho con cuatro términos de Súmulas, quieren interpretar las Escrituras y se aferran del *Mulieres in Ecclesiis taceant*, sin saber cómo se ha de entender. Y de otro lugar: *Mulier in silentio discat;* siendo este lugar más en favor que en contra de las mujeres, pues manda que aprendan, y mientras aprenden claro está que es necesario que callen. Y también está escrito: *Audi Israel, et tace;*[100] donde se habla con toda la colección de los hombres y mujeres, y a todos se manda callar, porque quien oye y aprende es mucha razón que atienda y calle. Y si no, yo quisiera que estos intérpretes y expositores de San Pablo me explicaran cómo entienden aquel lugar: *Mulieres in Ecclesia taceant.* Porque

---

[99] *Osculetur me osculo oris sui: quia meliora sunt ubera tua vino?*: béseme él con el beso de su boca; porque mejores son tus pechos que el vino.

[100] *Audi Israel et tace*: oye, Israel, y calla.

o lo han de entender de lo material de los púlpitos y cátedras, o de lo formal de la universalidad de los fieles, que es la Iglesia. Si lo entienden de lo primero (que es, en mi sentir, su verdadero sentido, pues vemos que, con efecto, no se permite en la Iglesia que las mujeres lean públicamente ni prediquen), ¿por qué reprenden a las que privadamente estudian? Y si lo entienden de lo segundo y quieren que la prohibición del Apóstol sea trascendentalmente, que ni en lo secreto se permita escribir ni estudiar a las mujeres, ¿cómo vemos que la Iglesia ha permitido que escriba una Gertrudis, una Teresa, una Brígida, la monja de Ágreda y otras muchas? Y si me dicen que éstas eran santas, es verdad, pero no obsta a mi argumento; lo primero, porque la proposición de San Pablo es absoluta y comprende a todas las mujeres sin excepción de santas, pues también en su tiempo lo eran Marta y María, Marcela, María madre de Jacob, y Salomé, y otras muchas que había en el fervor de la primitiva Iglesia, y no las exceptúa; y ahora vemos que la Iglesia permite escribir a las mujeres santas y no santas, pues la de Ágreda y María de la Antigua no están canonizadas y corren sus escritos; y ni cuando Santa Teresa y las demás escribieron, lo estaban; luego la prohibición de San Pablo sólo miró a la publicidad de los púlpitos, pues si el Apóstol prohibiera el escribir, no lo permitiera la Iglesia. Pues ahora, yo no me atrevo a enseñar —que fuera en mí muy desmedida presunción—; y el escribir, mayor talento que el mío requiere y muy grande consideración. Así lo dice San Cipriano: *Gravi consideratione indigent, quae scribimus.*[101] Lo que sólo

---

[101] *Gravi consideratione indigent, quae scribimus*: Las cosas que escribimos requieren detenida consideración.

he deseado es estudiar para ignorar menos que, según San Agustín, unas cosas se aprenden para hacer y otras para sólo saber: *Discimus quaedam, ut sciamus; quaedam ut faciamus.*[102] Pues ¿en qué ha estado el delito, si aun lo que es lícito a las mujeres, que es enseñar escribiendo, no hago yo porque conozco que no tengo caudal para ello, siguiendo el consejo de Quintiliano: *Noscat quisque, et non tantum ex alienis praeceptis, sed ex natura sua capiat consilium?*[103]

Si el crimen está en la Carta Atenagórica, ¿fue aquélla más que referir sencillamente mi sentir con todas las venias que debo a nuestra Santa Madre Iglesia? Pues si ella, con su santísima autoridad, no me lo prohíbe, ¿por qué me lo han de prohibir otros? ¿Llevar una opinión contraria de Vieyra fue en mí atrevimiento, y no lo fue en su Paternidad llevarla contra los tres Santos Padres de la Iglesia? Mi entendimiento tal cual ¿no es tan libre como el suyo, pues viene de un solar? ¿Es alguno de los principios de la Santa Fe, revelados, su opinión, para que la hayamos de creer a ojos cerrados? Demás que yo ni falté al decoro que a tanto varón se debe, como acá ha faltado su defensor, olvidado de la sentencia de Tito Lucio: *Artes committatur decor;*[104] ni toqué a la Sagrada Compañía en el pelo de la ropa; ni escribí más que para el juicio de quien me lo insinuó; y según Plinio, *non si-*

---

[102] *Discimus quaedam, ut sciamus; quaedam, ut faciamus*: Aprendemos algunas cosas sólo para saberlas, y otras para hacerlas.

[103] *Noscat quisque, et non tantum ex alienis praeceptis, sed ex natura sua capiat consilium?*: Aprenda cada quien, no tanto por los preceptos ajenos, sino también tome consejo de su propia naturaleza.

[104] *Artes comittatur decor*: A las artes acompaña el decoro.

milis est conditio publicantis, et nominatim dicentis.[105] Que si creyera se había de publicar, no fuera con tanto desaliño como fue. Si es, como dice el censor, herética, ¿por qué no la delata? y con eso él quedará vengado y yo contenta, que aprecio, como debo, más el nombre de católica y de obediente hija de mi Santa Madre Iglesia, que todos los aplausos de docta. Si está bárbara —que en eso dice bien—, ríase, aunque sea con la risa que dicen del conejo, que yo no le digo que me aplauda, pues como yo fui libre para disentir de Vieyra, lo será cualquiera para disentir de mi dictamen.

Pero ¿dónde voy, Señora mía? Que esto no es de aquí, ni es para vuestros oídos, sino que como voy tratando de mis impugnadores, me acordé de las cláusulas de una que ha salido ahora, e insensiblemente se deslizó la pluma a quererle responder en particular, siendo mi intento hablar en general. Y así, volviendo a nuestro Arce, dice que conoció en esta ciudad dos monjas: la una en el convento de Regina, que tenía el Breviario de tal manera en la memoria, que aplicaba con grandísima prontitud y propiedad sus versos, salmos y sentencias de homilías de los santos, en las conversaciones. La otra, en el convento de la Concepción, tan acostumbrada a leer las Epístolas de mi Padre San Jerónimo, y locuciones del Santo, de tal manera que dice Arce: *Hieronymum ipsum hispane loquentem audire me existimarem.*[106] Y de ésta dice que supo, después de su muerte, había traducido dichas Epístolas en romance: y se duele de que tales

---

[105] *Non similis est conditio publicantis, et nominatim dicentis*: no es igual la condición del que publica que la del que sólo dice.
[106] *Hieronymum ipsum hispane loquentem audire me existimarem*: Me parecía que oía al mismo Jerónimo hablar en español.

talentos no se hubieran empleado en mayores estudios con principios científicos, sin decir los nombres de la una ni de la otra, aunque las trae para confirmación de su sentencia, que es que no sólo es lícito, pero utilísimo y necesario a las mujeres el estudio de las sagradas letras, y mucho más a las monjas, que es lo mismo a que vuestra discreción me exhorta y a que concurren tantas razones.

Pues si vuelvo los ojos a la tan perseguida habilidad de hacer versos —que en mí es tan natural, que aun me violento para que esta carta no lo sean, y pudiera decir aquello de *Quidquid conabar dicere, versus erat*—,[107] viéndola condenar a tantos tanto y acriminar, he buscado muy de propósito cuál sea el daño que puedan tener, y no le he hallado; antes sí los veo aplaudidos en las bocas de las Sibilas; santificados en las plumas de los Profetas, especialmente del Rey David, de quien dice el gran expositor y amado Padre mío, dando razón de las mensuras de sus metros: *In morem Flacci et Pindari nunc iambo currit, nunc alcaico personal nunc sapphico tumet, nunc semipede ingreditur.*[108] Los más de los libros sagrados están en metro, como el Cántico de Moisés; y los de Job, dice San Isidoro, en sus Etimologías, que están en verso heroico. En los Epitalamios los escribió Salomón; en los Trenos, Jeremías. Y así dice Casiodoro: *Omnis poetica locutio a Divinis scripturis sumpsit*

[107] *Quidquid conabar dicere, versus erat*: Cuanto decir quería me resultaba en verso.

[108] *In morem Flacci et Pindari nunc iambo currit, nunc alcaico personal, nunc sapphico tumet, nunc semipede ingreditur*: A la manera de Flaco y de Píndaro, ahora corre en yambo, ahora resuena en alcaico, ahora se levanta en sáfico y ahora avanza con medios pies.

exordium.[109] Pues nuestra Iglesia Católica no sólo no los desdeña, mas los usa en sus Himnos y recita los de San Ambrosio, Santo Tomás, de San Isidoro y otros. San Buenaventura les tuvo tal afecto que apenas hay plana suya sin versos. San Pablo bien se ve que los había estudiado, pues los cita, y traduce el de Arato: *In ipso enim vivimus, et movemur, et sumus,*[110] y alega el otro de Parménides: *Cretenses semper mendaces, malae bestiae, pigri.*[111] San Gregorio Nacianceno disputa en elegantes versos las cuestiones de Matrimonio y la de la Virginidad. Y ¿qué me canso? La Reina de la Sabiduría y Señora nuestra, con sus sagrados labios, entonó el Cántico de la *Magnificat;* y habiéndola traído por ejemplar, agravio fuera traer ejemplos profanos, aunque sean de varones gravísimos y doctísimos, pues esto sobra para prueba; y el ver que, aunque como la elegancia hebrea no se pudo estrechar a la mensura latina, a cuya causa el traductor sagrado, más atento a lo importante del sentido, omitió el verso, con todo, retienen los Salmos el nombre y divisiones de versos; pues ¿cuál es el daño que pueden tener ellos en sí? Porque el mal uso no es culpa del arte, sino del mal profesor que los vicia, haciendo de ellos lazos del demonio; y esto en todas las facultades y ciencias sucede.

Pues si está el mal en que los use una mujer, ya se ve cuántas los han usado loablemente; pues ¿en qué está el serlo yo? Confieso desde luego mi ruindad

---

[109] *Omnis poetica locutio a Divinis scripturis sumpsit exordium*: Toda locución poética tuvo su origen en las divinas escrituras.

[110] *In ipso enim vivimus, et movemur, et sumus*: Porque en él mismo vivimos y nos movemos y somos.

[111] *Cretenses semper mendaces, malae bestiae, pigri*: Los de Creta siempre son mentirosos, malas bestias, perezosos.

y vileza; pero no juzgo que se habrá visto una copla mía indecente. Demás que yo nunca he escrito cosa alguna por mi voluntad, sino por ruegos y preceptos ajenos; de tal manera, que no me acuerdo haber escrito por mi gusto sino es un papelillo que llaman *El Sueño.* Esa carta que vos, Señora mía, honrasteis tanto, la escribí con más repugnancia que otra cosa; y así porque era de cosas sagradas a quienes (como he dicho) tengo reverente temor, como porque parecía querer impugnar, cosa a que tengo aversión natural. Y creo que si pudiera haber prevenido el dichoso destino a que nacía —pues, como a otro Moisés, la arrojé expósita a las aguas del Nilo del silencio, donde la halló y acarició una princesa como vos—: creo, vuelvo a decir, que si yo tal pensara, la ahogara antes entre las mismas manos en que nacía, de miedo de que pareciesen a la luz de vuestro saber los torpes borrones de mi ignorancia. De donde se conoce la grandeza de vuestra bondad, pues está aplaudiendo vuestra voluntad lo que precisamente ha de estar repugnando vuestro clarísimo entendimiento. Pero ya que su ventura la arrojó a vuestras puertas, tan expósita y huérfana que hasta el nombre le pusisteis vos, pésame que, entre más deformidades, llevase también los defectos de la prisa; porque así por la poca salud que continuamente tengo, como por la sobra de ocupaciones en que me pone la obediencia, y carecer de quien me ayude a escribir, y estar necesitada a que todo sea de mi mano y porque, como iba contra mi genio y no quería más que cumplir con la palabra a quien no podía desobedecer, no veía la hora de acabar; y así dejé de poner discursos enteros y muchas pruebas que se me ofrecían, y las dejé por no escribir más; que, a saber que se había de imprimir, no las hubiera dejado, siquiera por dejar satisfechas algunas objeciones que se han excitado, y pudiera remitir, pero no seré tan desatenta que ponga tan indecentes objetos a la pureza de vuestros ojos, pues basta que los ofenda con mis ignorancias, sin que los remita a ajenos atrevimientos. Si ellos por sí volaren por allá (que son tan livianos que sí harán), me ordenaréis lo que debo hacer; que, si no es interviniendo vuestros preceptos, lo que es por mi defensa nunca tomaré la pluma, porque me parece que no necesita de que otro le responda, quien en lo mismo que se oculta conoce su error, pues, como dice mi Padre San Jerónimo, *bonus sermo secreta non quaerit,*[112] y San Ambrosio: *latere criminosae est conscientiae.*[113] Ni yo me tengo por impugnada, pues dice una regla del Derecho: *Accusatio non tenetur si non curat de persona, quae produxerit illam.*[114] Lo que sí es de ponderar es el trabajo que le ha costado el andar haciendo traslados. ¡Rara demencia: cansarse más en quitarse el crédito que pudiera en granjearlo! Yo, Señora mía, no he querido responder; aunque otros lo han hecho, sin saberlo yo: basta que he visto algunos papeles, y entre ellos uno que por docto os remito y porque el leerle os desquite parte del tiempo que os he malgastado en lo que yo escribo. Si vos, Señora, gustáredes de que yo haga lo contrario de lo que tenía propuesto a vuestro juicio y sentir, al menor

[112] *Bonus sermo secreta non quaerit*: Los buenos dichos no buscan el secreto.

[113] *Latere criminosae est conscientiae*: Ocultarse es propio de la conciencia criminosa.

[114] *Accusatio non tenetur si non curat de persona, quae produxerit illam*: La acusación no se sostiene si no se cura de la persona que la hizo.

movimiento de vuestro gusto cederá, como es razón, mi dictamen que, como os he dicho, era de callar, porque aunque dice San Juan Crisóstomo: *calumniatores convincere oportet, interrogatores docere,*[115] veo que también dice San Gregorio: *Victoria non minor est, hostes tolerare, quam hostes vincere;*[116] y que la paciencia vence tolerando y triunfa sufriendo. Y si entre los gentiles romanos era costumbre, en la más alta cumbre de la gloria de sus capitanes —cuando entraban triunfando de las naciones, vestidos de púrpura y coronados de laurel, tirando el carro, en vez de brutos, coronadas frentes de vencidos reyes, acompañados de los despojos de las riquezas de todo el mundo y adornada la milicia vencedora de las insignias de sus hazañas, oyendo los aplausos populares en tan honrosos títulos y renombres como llamarlos Padres de la Patria, Columnas del Imperio, Muros de Roma, Amparos de la República y otros nombres gloriosos—, que en este supremo auge de la gloria y felicidad humana fuese un soldado, en voz alta diciendo al vencedor, como con sentimiento suyo y orden del Senado: Mira que eres mortal; mira que tienes tal y tal defecto; sin perdonar los más vergonzosos, como sucedió en el triunfo de César, que voceaban los más viles soldados a sus oídos: *Cavete romani, adducimus vobis adulterum calvum.*[117] Lo cual se hacía porque en medio de tanta honra no se desva-

---

[115] *Calumniatores convincere oportet, interrogatores docere*: a los calumniadores hay que convencerlos, y enseñar a los que preguntan.
[116] *Victoria non minor est, hostes tolerare, quam hostes vincere*: No menor victoria es tolerar a los enemigos que vencerlos.
[117] *Cavete romani, adducimus vobis adulterum calvum*: Cuidado, romanos, os traemos al calvo adúltero.

neciese el vencedor, y porque el lastre de estas afrentas hiciese contrapeso a las velas de tantos aplausos, para que no peligrase la nave del juicio entre los vientos de las aclamaciones. Si esto, digo, hacían unos gentiles, con sola la luz de la Ley Natural, nosotros, católicos, con un precepto de amar a los enemigos, ¿qué mucho haremos en tolerarlos? Yo de mí puedo asegurar que las calumnias algunas veces me han mortificado, pero nunca me han hecho daño, porque yo tengo por muy necio al que teniendo ocasión de merecer, pasa el trabajo y pierde el mérito, que es como los que no quieren conformarse al morir y al fin mueren sin servir su resistencia de excusar la muerte, sino de quitarles el mérito de la conformidad, y de hacer mala muerte la muerte que podía ser bien. Y así, Señora mía, estas cosas creo que aprovechan más que dañan, y tengo por mayor el riesgo de los aplausos en la flaqueza humana, que suelen apropiarse lo que no es suyo, y es menester estar con mucho cuidado y tener escritas en el corazón aquellas palabras del Apóstol: *Quid autem habes quod non accepisti? Si autem accepisti, quid gloriaris quasi non acceperis?*,[118] para que sirvan de escudo que resista las puntas de las alabanzas, que son lanzas que, en no atribuyéndose a Dios, cuyas son, nos quitan la vida y nos hacen ser ladrones de la honra de Dios y usurpadores de los talentos que nos entregó y de los dones que nos prestó y de que hemos de dar estrechísima cuenta. Y así, Señora, yo temo más esto que aquello; porque aquello, con sólo un acto sencillo de paciencia, está convertido en pro-

---

[118] *Quid autem habes quod non accepisti? Si autem accepisti, quid gloriaris quasi non acceperis?*: ¿Qué tienes tú que no hayas recibido? Y si lo has recibido ¿por qué te glorias como si no lo hubieras recibido?

vecho; y esto, son menester muchos actos reflexos de humildad y propio conocimiento para que no sea daño. Y así, de mí lo conozco y reconozco que es especial favor de Dios el conocerlo, para saberme portar en uno y en otro con aquella sentencia de San Agustín: *Amico laudanti credendum non est, sicut nec inimico detrahenti.*[119] Aunque yo soy tal que las más veces lo debo de echar a perder o mezclarlo con tales defectos e imperfecciones, que vicio lo que de suyo fuera bueno. Y así, en lo poco que se ha impreso mío, no sólo mi nombre, pero ni el consentimiento para la impresión ha sido dictamen propio, sino libertad ajena que no cae debajo de mi dominio, como lo fue la impresión de la Carta Atenagórica; de suerte que solamente unos *Ejercicios de la Encarnación* y unos *Ofrecimientos de los Dolores,* se imprimieron con gusto mío por la pública devoción, pero sin mi nombre; de los cuales remito algunas copias, porque (si os parece) los repartáis entre nuestras hermanas las religiosas de esa santa comunidad y demás de esa ciudad. De los *Dolores* va sólo uno porque se han consumido ya y no pude hallar más. Hícelos sólo por la devoción de mis hermanas, años ha, y después se divulgaron; cuyos asuntos son tan improporcionados a mi tibieza como a mi ignorancia, y sólo me ayudó en ellos ser cosas de nuestra gran Reina: que no sé qué se tiene el que en tratando de María Santísima se enciende el corazón más helado. Yo quisiera, venerable Señora mía, remitiros obras dignas de vuestra virtud y sabiduría; pero como dijo el Poeta:

---

[119] *Amico laudanti credendum non est, sicut nec inimico detrahenti*: No hay que creer al amigo que alaba ni al enemigo que vitupera.

Ut desint vires, tamen est laudanda voluntas:
hac ego contentos, auguror esse Deos.[120]

Si algunas otras cosillas escribiere, siempre irán a buscar el sagrado de vuestras plantas y el seguro de vuestra corrección, pues no tengo otra alhaja con que pagaros, y en sentir de Séneca, el que empezó a hacer beneficios se obligó a continuarlos; y así os pagará a vos vuestra propia liberalidad, que sólo así puedo yo quedar dignamente desempeñada, sin que caiga en mí aquello del mismo Séneca: *Turpe est beneficiis vinci.*[121] Que es bizarría del acreedor generoso dar al deudor pobre, con que pueda satisfacer la deuda. Así lo hizo Dios con el mundo imposibilitado de pagar: diole a su Hijo propio para que se le ofreciese por digna satisfacción.

Si el estilo, venerable Señora mía, de esta carta, no hubiere sido como a vos es debido, os pido perdón de la casera familiaridad o menos autoridad de que tratándoos como a una religiosa de velo, hermana mía, se me ha olvidado la distancia de vuestra ilustrísima persona, que a veros yo sin velo, no sucediera así; pero vos, con vuestra cordura y benignidad, supliréis o enmendaréis los términos, y si os pareciere incongruo el *Vos* de que yo he usado por parecerme que para la reverencia que os debo es muy poca reverencia la *Reverencia,* mudadlo en el que os pareciere

---

[120] *Ut desint vires, tamen est laudanda voluntas: hac ego contentos, auguror esse Deos*: Aunque falten las fuerzas, todavía hay que alabar la voluntad. Yo pienso que los dioses se contentan con ella.

[121] *Turpe est beneficiis vinci*: Es vergüenza ser vencido en beneficios.

decente a lo que vos merecéis, que yo no me he atrevido a exceder de los límites de vuestro estilo ni a romper el margen de vuestra modestia.

Y mantenedme en vuestra gracia, para impetrarme la divina, de que os conceda el Señor muchos aumentos y os guarde, como le suplico y he menester. De este convento de N. Padre San Jerónimo de Méjico, a primero día del mes de marzo de mil seiscientos y noventa y un años. B. V. M. vuestra más favorecida.[122]

JUANA INÉS DE LA CRUZ

---

[122] Todas las traducciones del latín están tomadas de la edición de Alberto Salceda del t. IV de las *Obras completas*, FCE, México, 1957.